갈매기

체호프 희곡선❶

갈매기

체호프 희곡선❶

안톤 체호프 지음 | 장한 옮김

더클래식

| 차례 |

갈매기

| 등장인물 |

아르카지나(이리나 니콜라예브나) : 남편의 성은 트레플료바. 여배우

트레플료프(콘스탄틴 가브릴로비치) : 아들, 청년

소린(표트르 니콜라예비치) : 오빠

니나(미하일로브나 자레츠나야) : 젊은 처녀, 부유한 지주의 딸

샤므라예프(일리야 아파나시예비치) : 퇴역 육군 중위, 소린 영지의 관리인

폴리나(안드레예브나) : 샤므라예프의 아내

마샤 : 샤므라예프의 딸

트리고린(보리스 알렉세예비치) : 소설가

도른(예브게니 세르게예비치) : 의사

메드베젠코(세묜 세묘노보치) : 교사

야코프 : 일꾼

요리사

하녀

소린의 영지에서 일어나는 사건이다.
3막과 4막 사이에 2년이 흐른다.

1막

소린 영지에 있는 공원. 객석에서부터 공원 저편 호수로 뻗어 있는 넓은 가로수 길이 보인다. 호수는 가정극 공연을 위해 세워진 조잡한 임시 무대가 막고 있어 보이지 않는다. 무대 왼편과 오른편으로는 덤불. 의자 몇 개와 조그만 탁자가 있다.

해가 막 저물었다. 막이 내려진 무대 뒤에 야코프와 일꾼 몇 사람이 망치질하는 소리와 기침 소리가 들린다. 마샤와 메드베젠코가 산책을 하며 왼쪽에서 들어온다.

메드베젠코 어째서 당신은 항상 검은 옷을 입고 다니는 거죠?

마샤 내 인생의 상복이에요. 나는 불행하니까요.

메드베젠코 불행……. 왜요? (생각에 잠겨서) 이해할 수가 없군요……. 당신은 건강하고, 당신의 아버지는 비록 부자는 아니지만 잘살지 않습니까. 당신에 비하면 나는 훨씬 더 힘들게 살고 있어요. 한 달에 기껏 23루블밖에 벌지 못하니까요. 하지만 그렇다고 상복을 입지는 않습니다.

두 사람, 자리에 앉는다.

마샤 문제는 돈이 아니에요. 가난한 사람들도 행복할 수 있으니까요.

메드베젠코 이론으로는 그렇지만 현실은 달라요. 내 경우만 봐도, 어머니, 누이 둘, 남동생 하나가 오로지 봉급 23루블만으로 살아야 해요. 먹고 마시는 데는 돈이 필요합니다. 차와 설탕도 꼭 있어야 하죠. 담배까지? 이러니 도무지 방법을 찾을 수가 없어요.

마샤 (무대 주위를 돌아보면서) 곧 공연이 곧 시작되겠군요.

메드베젠코 네, 니나가 연기를 하고, 대본은 트레플료프가 완성했죠. 그들은 서로 사랑합니다. 오늘 두 사람의 영혼은 하나의 예술을 만들어 내려는 노력 속에서 합쳐질 겁니다. 하지만 당신과 나의 영혼에는 공통된 지점을 찾을 수가 없군요. 당신을 사랑합니다. 집에 있기가 울적해서 매일 6베르스타를 걸어왔다가 또 돌아갑니다만, 매번 당신의 무관심과 마주치게 됩니다. 당연한 일이겠죠. 재산도 없이 딸린 가족만 많으니까요……. 아무것도 가진 것 없는 사람과 누가 결혼을 하고 싶어 하겠습니까?

마샤 오해하지 마세요. (코담배의 냄새를 맡는다.) 당신의 사랑은 잘 알고 있지만, 단지 나에게 그런 감정이 생기지 않기 때문에 받아들일 수 없는 것뿐이에요. (그에게 담뱃갑을 내민다.) 하겠어요?

메드베젠코 아니, 괜찮습니다.

사이.

마샤 답답하네요. 밤에 소나기가 내릴 모양이에요. 당신은 늘 설교를 늘어놓거나, 아니면 그저 돈타령뿐이군요. 당신 생각으로는 가난보다 더한 불행은 없어요. 하지만 내가 생각하기에는 누더기를 걸치고 빌어먹는 게 천 배는 더 나을 것 같아요……. 아니, 당신은 이해하지 못하겠지만…….

오른쪽으로 소린과 트레플료프가 들어온다.

소린 (지팡이에 의지하면서) 얘야, 나는 어쩐지 시골과 잘 맞지가 않아. 이곳은 절대로 편안해지지 않을 게야. 어젯밤 10시에 잠자리에 들었다가 오늘 아침 9시에 깨어났는데, 지나치게 많이 자서 그런지 뇌가 두개골에 달라붙은 것 같아. (웃는다.) 점심을 먹고 나서 다시 깜빡 잠들고 말았는데, 그래서 지금은 악몽을 꾸는 것 같이 맥이 빠지는구나. 결국…….

트레플료프 맞습니다. 외삼촌은 도시에서 사셔야 해요. (마샤와 메드베젠코를 보고 난 후) 여러분, 공연이 시작될 때 부르겠습니다. 지금 여기 있으면 안 돼요. 제발 나가 주시겠습니까?

소린 (마샤에게) 마리야 일리니츠나, 아버지께 부탁해서 개를 좀 묶어

놓으라고 해 주겠니. 개가 너무 짖어 대서 내 누이가 밤새 잠을 못 잤다는구나.

마샤 아버지께 직접 말씀하세요. 저는 말하지 않을 거예요. 용서하세요. (메드베젠코에게) 자, 가시죠!

메드베젠코 (트레플료프에게) 그럼, 시작하기 전에 불러 주세요. (두 사람, 나간다.)

소린 이렇다니까. 오늘밤도 밤새 개가 시끄럽겠구나. 시골에서는 항상 이런 식이지. 난 이곳에서 한 번도 원하는 대로 있어 본 적이 없단다. 쉬고 싶은 마음에 한 달간 휴가를 내서 이리로 오지만, 항상 온갖 쓸데없는 일들이 괴롭히는 바람에 도착한 첫날부터 여길 떠나고 싶어진다니까. (웃는다.) 항상 이곳을 떠날 때는 즐거운 마음이었지. 하지만 이제는 퇴직한 형편이라, 결국 원치 않아도 여기서 살아야만 해.

야코프 (트레플료프에게) 트레플료프 씨, 저희는 잠깐 가서 씻고 오겠습니다.

트레플료프 좋아. 하지만 10분 뒤에는 모두 제자리에 있어야 해요. (시계를 본다.) 곧 시작할 겁니다.

야코프 알겠습니다. (나간다.)

트레플료프 (무대를 둘러보면서) 어떠세요, 진짜 극장 같지요! 막이 있고, 전경(前景)도 배경도 갖추었어요. 전혀 장치를 하지 않아서 관객들의 눈길은 자연스럽게 호수 쪽으로 향하겠지요. 그리고 그 너머 지평선 쪽으로 이어지게 됩니다. 막은 달이 떠오르는 시각인 8시 반 정각에 올라갈 겁니다.

소린 멋지구나.

트레플료프 하지만 니나가 늦으면 모든 효과는 망치게 됩니다. 이제 올 시간이 됐는데, 아버지와 계모가 감시하고 있어서, 마치 감옥에서 빠져나오는 것만큼 집에서 나오는 것이 어렵다고 하네요. (외삼촌의 넥타이를 바로잡는다.) 머리와 수염이 헝클어졌어요. 좀 다듬으셔야겠어요.

소린 (수염을 쓰다듬으면서) 내 인생의 비극이라 할 수 있지. 젊었을 때도 언제나 술에 흠뻑 취한 외모였는데, 지금도 여전히 그렇지. 여자들에게 관심을 받아 본 적이 없어. (앉는다.) 그런데 왜 네 어머니는 기분이 좋지 않다는 게냐?

트레플료프 왜냐고요? 따분하고 샘이 나서 그러시죠. (나란히 앉는다.) 오늘 밤 무대에 본인이 아니라 니나가 공연한다는 이유에서요. 그래서 모든 게 싫으신 거예요. 저도, 공연도, 작품 자체도 말이죠. 대본은 읽어 보지도 않으셨으면서 무조건 마음에 안 드신대요.

소린 (웃는다.) 설마, 그건 니 생각이겠지…….

트레플료프 맞아요. 니나가 이 작은 무대에서 환호를 받을 거라는 생각에 이미 화가 치미신 거예요 (시계를 본 후) 어머니 속은 도무지 모르겠어요. 누가 봐도 똑똑하고, 재능이 있고 지혜롭고 책을 읽으며 울 줄도 알고 네크라소프의 시를 줄줄 암송하고, 게다가 아픈 사람들을 천사나 다름없이 돌봐요. 하지만 어머니 앞에서 엘레오노라 두제(이탈리아의 유명 여배우)를 칭찬하면 무슨 일이 벌어지는지 보세요. 오! 어머니만 칭찬해야 하고, 어머니에 관해서만 써야 하고, 〈동백 아가씨〉(프랑스 극작가 뒤마의 희곡)에서 대단한 연기를 보여 줬다고 소리 지르고 열광해야 해요. 그렇지만 이곳 시골에는 그런 환호가 없어요. 그러니 어머니는 따분하고 화가 나는 겁니다. 우리 모두가 어머니의 적이고 이 모두가 우리의 잘못이죠. 거기다 어머니는 이상한 미신에 열중해서 촛불 세 자루에 불을 켜는 것을 끔찍이 무서워하세요. 매달 13일마다 불길한 일이 생길까 두려워하시고요. 또 얼마나 인색하신지요. 오데사의 은행에 7만 루블이나 예금을 갖고 계시면서도 누가 잔돈푼이라도 빌려 달라면 금방 울음을 터뜨릴 것 같은 얼굴이 된다니까요.

소린 어머니가 네 희곡을 좋아하지 않는다는 생각에 괜히 흥분하고 있구나. 마음을 진정시키렴. 어머니는 너를 사랑한단다.

트레플료프 (꽃잎을 하나씩 뜯으면서) 사랑한다, 사랑하지 않는다, 사랑한다, 사랑하지 않는다, 사랑한다, 사랑하지 않는다. (웃는다.) 보세요. 어머니는 저를 사랑하지 않아요. 이유를 아세요? 어머니는 밝고 유쾌하게 살고 사랑하고 화려한 옷을 입고 다니고 싶어 하죠. 하지만 저는 벌써 스물다섯이에요. 절 보면 어머니는 당신이 더 이상 젊지 않다는 사실을 떠올리게 되시는 거예요. 제가 없으면 어머니는 기껏해야 서른두 살로 보이는데, 제가 있으면 마흔셋의 나이로 돌아가야 하니까요. 그러니 저를 싫어하실 수밖에요. 어머니는 제가 현대극을 싫어한다는 사실을 알아요. 그렇지만 어머니는 현대극을 사랑하고, 당신이 인류와 그 신성한 예술을 위해 봉사한다고 여기고 계세요. 하지만 제가 보기에 요즘의 연극은 그저 틀에 박힌 구태의연한 편견에 지나지 않아요. 막이 오르면, 세 개의 벽으로 둘러싸인 무대에서 그 위대한 연기자들이, 신성한 예술의 대사제들이 사람들이 먹고 마시고 사랑하고 양복을 입고 걸어 다니는 모습을 흉내 내요. 따분한 대사와 빤한 장면에서 무언가 그럴듯한 도덕을 보여 주려 해요. 하지만 결국 언제나 똑같은 반복, 반복뿐이에요. 그것들로부터 저는 벗어나야 해요. 모파상이 그 천박함에 질식당하지 않기 위해 헐레벌떡 에펠탑에서 도망친 것처럼 말이에요.

소린 하지만 우리는 연극이 필요하단다.

트레플료프 네, 그래요. 그렇지만 우리에겐 새로운 형식이 필요해요. 새로운 형식이 없다면 차라리 아무것도 없는 편이 나아요. (시계를 본다.) 어머니를 사랑해요. 열렬히 어머니를 사랑한다고요. 하지만 어머니는 담배와 술에 절어 있고, 그 빌어먹을 소설가에게 넋이 나가 있죠. 어머니의 이름은 항상 신문 기사에서 오르내려요. 그것도 이젠 신물이 나요. 가끔씩 제 속에서 평범한 사람의 이기주의가 고개를 들 때면 어머니가 유명한 배우라는 사실을 원망할 때도 있어요. 어머니가 남들처럼 평범했다면 나는 조금은 더 행복할 수 있었을 텐데. 외삼촌, 이보다 더 견디기 힘들고 한심한 상태가 있을까요? 제가 얼마나 견디기 힘든 우스꽝스러운 처지에 있는지 아세요? 어머니 손님들은 항상 저명인사들이나 배우들 그리고 유명 작가들이죠. 그들 사이에서 저만, 오직 나만 아무것도 아닌 존재예요. 단지 어머니의 아들이라는 이유로 그들이 내 존재를 참아 주고 있다는 생각이 들 때의 기분이 어떤지 아시냐고요. 대체 저는 누구일까요? 저는 무의미한 존재에 불과해요. 대학교 3학년까지 힘겹게 다니다가 결국 대학을 그만뒀어요. 제겐 아무런 재능도 없고, 빈털터리에, 신분증에는 그저 키예프 시민이라고 써 있죠. 아버지 역시 키예프 사람이었지만 유명한 배우셨죠. 어머니의 응접실을 자주 드나드는 유명 인사들이 저에게 친절할 때, 그 시선 속에서 저를 얼마나 하찮게 여기고 있는지 느낄 수 있었습니다. 그리고 그럴 때마다 굴욕감으로 얼굴이 달아올랐어요.

소린 그런데 그 트리고린이라는 작가는 어떤 사람이냐? 도무지 속을 알 수가 없더구나. 항상 말이 없으니 말이다.

트레플료프 똑똑하고 소박하고 친절한 사람이에요. 뭐랄까, 조금 멜랑콜리한 성격이긴 하지요. 아직 마흔 살이 되려면 멀었는데 평단의 인기를 독차지하고 있어요. 그의 작품에 대해서 말하자면……, 뭐라고 할까요? 부드럽고 재능도 넘치지만……, 그래도 톨스토이나 졸라를 읽고 난 사람이라면 그의 작품을 읽고 싶은 생각이 들지 않을 거예요.

소린 얘야, 나는 작가를 좋아한단다. 예전에 나는 두 가지 일을 열망했지. 결혼하는 것과 작가가 되는 것이었지. 하지만 결국 무엇도 이루지 못했구나. 어쨌든 아무리 보잘것없는 작가라지만 그 자체로 기쁜 일이야.

트레플료프 (귀를 기울인다.) 발소리가 들려요……. (외삼촌을 껴안는다.) 전 그녀 없이는 살 수 없어요……. 발소리조차 음악 소리 같아요……. 저는 정말로 행복해요. (들어오는 니나 쪽으로 황급히 걸어간다.) 나의 귀여운 마녀, 나의 꿈이여.

니나 (흥분한 채) 제가 늦은 건 아니지요? 늦지 않았군요.

트레플료프 (그녀의 두 손에 키스하며) 아니, 아니에요. 아니고말고요.

니나 하루 종일 불안했어요. 얼마나 무서웠는지 몰라요. 아버지가 못 나가게 하면 어쩌나……. 지금 아버지가 계모와 함께 마차를 타고 나갔어요. 하늘은 맑고, 벌써 달이 떠오르더군요. 그래서 나는 말을 몰고 또 몰아 달려왔어요. (웃는다.) 참으로 기뻐요. (소린의 손을 꼭 잡는다.)

소린 (웃는다.) 저런. 눈을 보니 울었나 보군……. 그러면 좋지 않은데!

니나 그건……, 아무것도 아니에요. 어서 서둘러야 해요. 30분 뒤에는 떠나야 하거든요. 아니, 안 돼요. 저를 붙잡지 마세요. 제가 여기 온 걸 아버지는 모르세요.

트레플료프 이제 시작해야겠습니다. 관객을 불러야겠습니다.

소린 내가 다녀오마. 지금 당장. (오른쪽으로 걸어 나가며 노래한다.) "프랑스로 두 명의 척탄병이(하이네의 시에 슈만이 곡을 붙인 가곡)……." (

주변을 둘러본다.) 예전에 이 노래를 부르니까 한 친구가 그러더구나. "당신의 목청 한번 우렁차군……." 그러다가 잠시 생각하더니 덧붙여 말했지. "그렇다고 듣기 좋다는 말은 아니야." (웃으며 나간다.)

니나 아버지와 계모는 이곳에 오지 못하게 하세요. 이곳엔 보헤미안들이 있다고 사는 곳이라고 하시면서……. 내가 혹 배우라도 될까 걱정하시는 거죠……. 하지만 난 이곳 호수에 끌려요……. 마치 갈매기처럼……. 나의 마음속에는 당신밖에 없답니다. (주위를 둘러본다.)

트레플료프 이제 우리 둘뿐입니다.

니나 저기에 누군가 있는 것 같아요…….

트레플료프 아무도 없어요. (키스한다.)

니나 이건 무슨 나무죠?

트레플료프 느릅나무.

니나 그런데 왜 이리 검은 거죠?

트레플료프 날이 어두워져서 모든 사물이 다 검어 보이는 거예요. 그렇게 빨리 떠나지 말아요, 부탁이야.

니나 안 돼요.

트레플료프 그럼, 내가 당신의 집으로 따라가면 안 될까요, 니나? 밤새도록 밖의 정원에 서서 당신 창문을 바라보겠소.

니나 안 돼요. 야경꾼에게 발각될 거예요. 트레조르도 아직 당신을 몰라서 짖어 댈 거예요.

트레플료프 당신을 사랑해요.

니나 쉬…….

트레플료프 (발소리를 듣고서) 거기 누구요? 야코프, 자네인가?

야코프 네, 그래요.

트레플료프 각자 제자리에서 준비해. 곧 연극을 시작할 거다. 달이 뜨나?

야코프 예, 그렇습니다.

트레플료프 알코올은 준비됐나요? 유황은? 붉은 두 눈동자가 빛나면 유황 연기가 피어나야 합니다. (니나에게) 자, 갑시다. 준비는 모두 끝났어요. 긴장되나요……?

니나 네, 무척이요. 당신 어머니는 두렵지 않지만 트리고린 씨는……. 그분 앞에서 연기하는 게 두렵고 부끄러워요……. 유명 작가잖아요. 젊으신가요?

트레플료프 그래요.

니나 그분의 작품은 정말 놀라워요!

트레플료프 (차갑게) 모릅니다. 나는 읽은 적이 없어서요.

니나 당신의 작품은 연기하기가 무척 어려워요. 생생히 살아 있는 인물이 없거든요.

트레플료프 살아 있는 인물! 현실을 실제처럼 그대로 드러내는 것으로는 안 돼요. 오히려 꿈속 이야기처럼 그려 내야 해요.

니나 하지만 움직임은 거의 없잖아요. 차라리 낭독 같아요. 희곡에는 반드시 사랑이 있어야 한다고 생각해요.

두 사람이 무대 뒤로 사라진다. 폴리나와 도른이 들어온다.

폴리나 공기가 습하네요. 돌아가서 덧신을 신고 오세요.

도른 지금도 답답하군요.

폴리나 당신은 자신을 소중하게 돌보지 않아요. 고집불통 같다니까요. 의사니까 습한 공기가 몸에 해롭다는 것을 잘 알고 계시잖아요. 그런데도 당신은 일부러 저를 괴롭히시는 거죠. 어젯밤에도 내내 테라스에 일부러 나가 앉아 있었잖아요…….

도른 (노래를 부른다.) "그대여 말하지 말라, 젊음을 망쳐 버렸다고(러시아 시인 네크라소프의 시에 프리고제보가 곡을 붙인 집시들의 노래)."

폴리나 아르카지나와 이야기하는 것에 푹 빠져서……. 추운 줄도 모르고 계시더군요. 바른대로 말해 보세요. 그 여자가 좋은 거죠……?

도른 나는 쉰다섯 살입니다.

폴리나 나이는 문제가 아니죠. 남자들에게 그건 많은 나이도 아니잖아요. 당신은 아직도 멋있어요. 그러니 여자들이 당신을 따르는 거라고요.

도른 도대체 하고 싶은 말이 뭡니까?

폴리나 남자들이란 모두 여배우 앞에서는 어쩔 줄 몰라 넙죽 엎드린다는 거죠. 모두 똑같아요!

도른 (노래를 부른다.) "나는 또다시 그대 앞에서(1880년대 러시아 유행가요)……." 세상 사람들이 배우를 좋아하고, 일반 장사치들과 다르게 대하는 건 당연한 일입니다. 일종의 이상주의죠.

폴리나 여자들이 항상 당신한테 반해서 목을 매는 것도 이상주의인가요?

도른 (어깨를 움츠리고) 무슨 뜻인지 모르겠군. 여자들이 날 좋아하고 친절히 대하는 이유는 내가 괜찮은 의사이기 때문입니다. 기억하고 있겠지만 10여 년 전에 이 지역에서 제대로 된 의사는 오직 나 하나뿐이었으니 말이오. 거기다 난 언제나 신사답게 처신하고 있다오.

폴리나 (그의 손을 잡는다.) 내 소중한 사랑!

도른 쉿, 사람들이 옵니다.

아르카지나가 소린의 팔짱을 낀 채 들어오고, 이어서 트리고린, 샤므라예프, 메드베젠코, 마샤가 들어온다.

샤므라예프 1873년 폴타바 축제에서 그 여배우의 연기는 기가 막혔습니다. 눈부시게 아름다웠어요. 그나저나 희극배우 파벨 세묘느이치 차진은 지금 어디 있는지 혹시 아십니까? 라스플류예프 역을 그만큼 연기하는 배우는 어디에서도 찾을 수 없을 겁니다. 그처럼 연기 잘하는 배우는 어디에도 없을 겁니다. 사도프스키보다 훨씬 뛰어나니 말입니다. 정말이에요. 부인, 그 사람은 지금 어디 있습니까?

아르카지나 당신은 늘 옛날 배우들에 대해서만 묻는군요. 내가 그걸 어떻게 알아요. (앉는다.)

샤므라예프 (한숨을 쉬며) 파슈카 차진! 이젠 그런 배우 없습니다. 무대의 수준이 예전만 못해요. 옛날에는 튼튼한 참나무들이 무성했는데, 이제 우리가 볼 수 있는 것은 그저 그루터기뿐입니다.

도른 사실 요즘은 천재적인 재능을 지닌 배우가 적어진 건 사실이지만 전반적으로 배우들의 연기 실력이 훨씬 나아졌습니다.

샤므라예프 그 말씀에 동의할 수 없습니다. 하지만 그건 각자 취향의 문제겠지요. De gustibus aut bene, aut nihil(라틴어. 취향에 따라 좋기도 하고 싫기도 하죠).

트레플료프가 무대 뒤에서 등장한다.

아르카지나 사랑하는 아들아, 언제 시작하니?

트레플료프 곧 시작해요. 조금만 기다려 주세요

아르카지나 (햄릿의 대사를 인용한다.) "나의 아들! 너의 눈은 내 마음속을 꿰뚫고 있구나. 나 또한 벗어날 수 없는, 지워지지 않는 얼룩을 보게 하는구나."

트레플료프 (역시 햄릿을 인용하여 답한다.) "어찌하여 어머니는 악덕에 굴복하셨나이까, 죄의 수렁에서 사랑을 찾으시나이까?"

무대 뒤에서 뿔피리를 분다.

트레플료프 신사 숙녀 여러분, 주목해 주세요!

사이.

트레플료프 연극을 시작하겠습니다. (가느다란 지팡이로 바닥을 두드리며 큰 소리로 낭송한다.) 오, 그대들, 존경하는 고대의 안개여. 밤이면 밤마다 이 호수 위를 방황하는 그대여. 우리를 잠들게 하고 20만 년 후의 세상을 꿈꾸게 하라!

소린 20만 년 뒤에는 아무것도 없을 텐데.

트레플료프 그렇다면 아무것도 없는 세상을 보여 줄 겁니다.

아르카지나 그러렴. 우린 이제 잘 테니까.

막이 오른다. 호숫가의 전경이 펼쳐진다. 달은 수평선 위에 걸려 있고 달빛이 물에 어린다. 커다란 바위 위에 새하얀 옷을 입은 니나가 앉아 있다.

니나 인간도, 사자도, 독수리도, 뿔 달린 사슴도, 거위도, 거미도, 물속에 사는 말 못 하는 물고기도, 불가사리도, 그리고 눈으로 볼 수 없는 미생물들도, 한마디로 모든 생명, 모든 생명들은 슬픈 순환을 마치고 사라져 버렸다……. 벌써 수천 세기가 지나면서 지구에는 생명체가 하나도 없이, 가련한 달빛만 헛되이 그 불을 밝히고 있다. 초원은 더 이상 두루미의 울음소리로 잠을 깨지도 않으며, 5월의 딱정벌레 소리도 보리수 덤불 속에서 들리지 않는다. 춥고 춥고 또 춥다. 공허하다. 공허하다. 무섭다. 무서우며 또 무섭다.

사이.

니나 살아 있는 육신들은 먼지로 사라졌고, 영원한 물질은 그것을 돌로, 물로, 구름으로 변하게 했다. 그리고 그들 모두의 영혼은 하나로 합쳐졌다. 하나의 영혼, 그것이…… 바로…… 나다……. 내 속에는 알렉산더 대왕의 영혼도, 로마 황제들의 영혼도, 셰익스피어의 영혼도, 나폴레옹의 영혼도, 하등 생물 거머리의 영혼도 다 들어 있다. 내 속에는 인간의 의식과 동물의 본능이 결합되어 있다. 하여 나는 모든 것을, 존재하는 모든 것을 기억한다. 내 안에 있는 각각의 생명을 나는 다시 새롭게 경험하고 있다.

늪지대에 도깨비불들이 나타난다.

아르카지나 (낮은 소리로) 뭔가 데카당 같은 냄새가 나는구먼.

트레플료프 (애원하듯이) 어머니!

니나 나는 혼자다. 백 년에 한 번 나는 입술을 열어보지만, 내 목소리는 허공 속에서 쓸쓸하게 울릴 뿐, 아무도 듣는 이 없다……. 너희들, 창백한 도깨비불들은 나의 말을 듣지 않는다……. 새벽 무렵 너희들은 썩은 늪에서 태어나 동이 터올 때까지 호숫가를 방황하지만, 생각도, 의지도, 생명의 떨림도 없다. 너희들 내부에서 생명이 생겨날 것을 두려워하여 영원한 물질의 아버지인 사탄은 마치 돌과 물에서 그러하듯이 너희들의 내부에서 원자들의 교체를 일으키며 끝없이 변하게 한다. 우주에서 영원토록 변치 않는 것은 오직 하나, 영혼뿐이다.

사이.

니나 깊고 공허한 우물 속에 던져진 포로처럼 나는 내가 어디 있으며, 무엇이 다가오는지 알지 못한다. 단지 내게 분명한 한 가지는, 물질적인 힘의 근원인 악마와의 집요하고 완강한 투쟁에서 내가 이겨, 그 후 물질과 영혼이 아름다운 조화 속에서 융합할 것이고 세계 의지의 왕국이 시작될 것이라는 사실이다. 그러나 그것은 오직 아주 천천히, 수천 년의 길고 긴 세월이 흐르고, 달도, 찬란한 시리우스도, 지구도 먼지로 변할 때에야 비로소 그렇게 될 일이다……. 그때까지는 공포, 공포뿐이다.

사이.
두 개의 붉은 점이 호수를 배경으로 나타난다.

니나 바로 저기 나의 강력한 적, 악마가 다가오고 있다. 그의 무시무시한 시뻘건 두 눈이 보인다.

아르카지나 유황 냄새가 나는데, 꼭 이렇게 해야 하는 거니?

트레플료프 네.

아르카지나 (웃는다.) 그래, 무대 효과라는 거로구나.

트레플료프 어머니!

니나 악마는 인간이 없어서 권태롭다…….

폴리나 (도른에게) 또 모자를 벗으셨군요. 당장 쓰세요. 안 그러면 감기 듭니다.

아르카지나 의사 선생님이 영원한 물질의 아버지인 악마 앞에서 모자를 벗으셨군요.

트레플료프 (발끈하여, 큰 소리로) 연극은 끝났습니다! 그만둬요! 막을 내려!

아르카지나 왜 그렇게 화를 내는 게냐?

트레플료프 그만둬요! 막을 내려! 막을 내리라니까! (발을 구르면서) 막!

막이 내려진다.

트레플료프 죄송합니다! 희곡을 쓰고 무대에서 연기하는 것은 오직 소수의 선택받은 사람들에게만 허락된 특권이라는 사실을 잊었어요. 그들의 독점권을 침범했군요! 나에게는…… 나는……. (뭔가 더 말하려다가 한 손을 흔들더니 왼쪽으로 나간다.)

아르카지나 왜 저러는 걸까요?

소린 아르카지나, 엄마가 돼서 자존심 강한 젊은이한테 그렇게 행동하는 건 옳지 않아.

아르카지나 대체 제가 뭘 잘못한 거죠?

소린 너는 그 아이를 모욕했어.

아르카지나 자기 입으로 이 연극이 익살극 같은 것이라고 말해서, 나는 그에 걸맞게 대해 줬을 뿐이에요.

소린 아무리 그래도 그렇지.

아르카지나 이제 보니 그 애는 아무래도 익살극이 아니라 심각한 걸작을 쓰려고 한 것 같군요. 그 애가 연출을 하면서 유황 연기까지 피운 것은 우리를 즐겁게 하기 위한 게 아니라 시위를 하기 위해서였나 봅니다. 우리가 어떻게 희곡을 쓰고, 무엇을 연기해야 하는지를 가르치려고 든 겁니다. 정말이지 지긋지긋해요! 이런 식으로 끊임없이 나를 공격하고 비꼬아 대는데 누가 버텨요. 자존심만 강하고 자기밖에 모르는 애라고요.

소린 그 애는 너를 기쁘게 해 주고 싶었던 거야.

아르카지나 그런가요? 그렇지만 그 애는 평범한 희곡을 택하지 않고, 저런 퇴폐적인 쓰레기를 우리에게 강요했어요. 익살극이라면 그런 잠꼬대를 기꺼이 봐 줄 준비가 되어 있어요. 하지만 그 애는 마치 그걸로 자신이 새로운 예술 형식을 알리고, 예술의 새로운 출발을 알리고 있다고 강요하잖아요. 내 생각에는 전혀 새로운 게 아니라 못된 성질을 부리는 거라고요.

트리고린 누구나 자기가 원하는 대로, 자기의 능력대로 쓰는 거죠.

아르카지나 그럼, 그렇게 하라고 하세요. 하지만 나한테까지 그런 헛소리를 강요하지는 말라고 전해 주세요.

도른 오, 주피터여! 화가 나셨군요…….

아르카지나 나는 주피터가 아니라, 평범한 여자예요. (담배에 불을 붙인다.) 나는 화가 난 게 아니라 젊은 애가 어리석은 일에 시간을 허비하는 것이 짜증스러울 뿐이에요. 그 애를 모욕하려는 게 아니라고요.

메드베젠코 누구도 영혼과 물질을 분리할 수 있다는 근거를 가지고 있지 않아요. 정신 자체는 물질적인 원자들의 결합일지도 모르기 때문입니다. (활기차게, 트리고린에게) 언젠가 우리 학교 선생들의 삶을 그린 작품을 써서 무대에 올려 주시면 어떨까요? 정말이지 힘들고, 고달프게 살거든요.

트리고린 좋군요. 옳은 말씀이에요. 이제 희곡이 어떻고 원자가 어떻고 하는 얘기는 그만하기로 해요. 이렇게 달콤한 밤인데! 노랫소리가 들리세요? (귀를 기울인다.) 정말 감미롭군요.

폴리나 네, 호숫가 건너편에서 부르고 있어요.

사이.

아르카지나 (트리고린에게) 내 옆에 앉으세요. 10년, 15년쯤 전, 여기 호숫가에서는 거의 매일 밤 음악소리며 노랫소리를 들을 수 있었죠. 호숫가에 지주들의 저택이 여섯 채나 있었거든요. 지금도 생생해요. 시끌벅적한 소음, 웃음소리, 그리고 온갖 로맨스로 가득했지요. 아아, 그 시절의 로맨스란! 그 시절 여섯 채의 저택에서 첫째가는 우상이었던 분을 소개해 드리죠. 바로 이분이시죠. (도른을 고개로 가르킨다.) 지금도 이렇게 매력적이지만, 그땐 말도 못할 정도였어요. 그런데, 마음이 아프기 시작하네요. 도대체 내가 왜 그 불쌍한 아이에게 모욕을 주었을까? 마음이 불편하군요. (큰 소리로) 코스챠! 내 아들! 코스챠!

마샤 제가 가서 찾아보겠어요.

아르카지나 부탁할게.

마샤 (왼쪽으로 걸어간다.) 트레플료프 씨! (나간다.)

니나 (무대 뒤에서 나오면서) 무대가 더 이상 이어질 것 같진 않으니 이제 집에 가도 되겠죠? 안녕하세요! (아르카지나와 폴리나에게 입을 맞춘다.)

소린 브라보! 브라보!

아르카지나 브라보! 브라보! 우리 모두 네 연기에 반해 버렸단다. 이런 미모와 뛰어난 목소리를 가지고서 시골에 처박혀 있으면 안 돼. 그건 죄악이야. 너에겐 분명 뛰어난 재능이 보여. 어때, 꼭 큰 무대로 나가렴!

니나 아, 그건 제 평생의 꿈이에요! (한숨을 쉬고) 하지만 절대로 실현될 수 없을 거예요.

아르카지나 누가 알겠어? 세상일은 아무도 모른단다. 소개할게. 여기는 트리고린 씨란다.

니나 아아, 만나 뵈어 정말 기뻐요……. (당황한 채) 당신 작품을 모두 읽었어요.

아르카지나 (니나를 옆에 앉히면서) 그렇게 당황해할 것까지는 없단다. 저명하신 분이지만 소박하시니까. 보렴. 저이도 부끄러워하잖니.

도른 이제 무대 막을 올리는 것이 어때요. 막이 있으니 음침해서 말입니다.

샤므라예프 (큰소리로) 야코프, 여보게. 막을 올리라고!

막이 올라간다.

니나 (트리고린에게) 조금 이상한 연극이었죠?

트리고린 전혀 무슨 얘긴지 이해할 수가 없더군요. 하지만 아가씨의 연기는 아주 진지하더군요. 무대 장치도 훌륭했고 말입니다.

사이.

트리고린 이 호수에는 물고기가 많이 있겠죠?

니나 네.

트리고린 나는 낚시를 좋아합니다. 저녁나절에 물가에 앉아 낚시찌를 들여다보는 것만큼 즐거운 게 없지요.

니나 아, 그런가요. 저는 창작의 기쁨을 아시는 분들은 다른 즐거움이란 없을 줄 알았어요.

아르카지나 (웃으면서) 그런 말은 그만두렴. 이분은 다른 사람들이 칭찬하는 소리를 하면 어쩔 줄 몰라 쩔쩔매니까.

샤므라예프 언젠가 모스크바 오페라 극장에서 그 유명한 실바가 낮은 '도' 음을 냈을 때가 기억이 나는군요. 바로 그때 공교롭게도 맨 위층 관람석에 교구 성가대원 한 사람이 느닷없이 "브라보, 실바!" 하고 소리를 질렀는데, 우리가 얼마나 놀랐을지 한번 상상해 보십시오. 완전히 한 옥타브나 낮은 저음이었지요. 이런 식으로요. (낮은 베이스로) "브라보, 실바!" 극장은 얼어붙은 듯이 고요해졌지요.

사이.

도른 객석 위로 침묵이 쫙악 깔렸겠네.

니나 이제 가 봐야 해요. 안녕히 계세요.

아르카지나 어디로 간다는 말이니? 이렇게 빨리 어디로 가려고? 보내지 않겠어.

니나 아버지가 기다리고 계세요.

아르카지나 그렇다면 아쉽지만……. (서로 입 맞춘다.) 하는 수 없군. 이렇게 그냥 보내고 싶지는 않지만.

니나 저도 이렇게 떠나는 게 정말 아쉽답니다.

아르카지나 누가 좀 집까지 바래다주면 좋겠는데.

니나 (당황하며) 아, 아니에요.

소린 (니나에게 부탁하듯) 조금 더 있다가 가지 그래요!

니나 그럴 순 없습니다. 소린 씨.

소린 한 시간만이라도 더. 그 정도는 괜찮을 텐데.

니나 (잠시 생각하다, 눈물을 글썽이며) 안 돼요, 가야 해요. (그와 악수하고는 서둘러 나간다.)

아르카지나 정말 불쌍한 아가씨예요. 소문에 따르면, 돌아가신 어머니가 막대한 재산을 한 푼도 남김없이 남편에게 양도했다는군요. 그런데 저 애 아버지는 이미 재산을 자신의 새 부인한테 주기로 해서, 이제 저 아가씨한테는 남은 게 아무것도 없다고 하더군요. 참으로 딱한 일이죠.

도른 그렇습니다. 저 애 아버지는 짐승만도 못한 사람이에요. 올바른 게 뭔지 도무지 모르니까요.

소린 (추워서 손을 비비면서) 안으로 들어갑시다, 여러분. 공기가 습해지는군요. 다리가 쑤셔 와.

아르카지나 오빠는 다리가 마치 나무로 변한 것처럼 힘들어 보이네요. 걷는 게 이렇게 힘들어서야. 불쌍한 양반. (그의 팔을 잡고 부축한다.)

샤므라예프 (아내에게 손을 내밀면서) 마담?

소린 또 개 짖는 소리가 들리는군. 제발 부탁이니, 개를 좀 풀어 놓지 않겠나, 샤므라예프?

샤므라예프 그건 안 됩니다, 주인 나리. 개를 풀어 놓으면 도둑이 들지도 몰라요. 창고에 수수가 가득 들어 있어요. (나란히 걷고 있는 메드베젠코에게) 완전히 한 옥타브 낮은 소리였어요. "브라보, 실바!" 정식 성악가도 아니고, 그냥 보통 교회 성가대원이 말입니다.

메드베젠코 그런데 교회 성가대원의 봉급은 얼마나 되나요?

도른만 남고 모두 퇴장한다.

도른 (혼자서) 아무래도 내가 이해하지 못했거나 정신이 나가서 그런 건지 그 연극은 내 마음에 들었어. 거기엔 뭔가가 있는 것 같았거든. 그 아가씨가 고독에 대해 이야기했을 때, 그리고 악마의 두 눈이 나타났을 때 난 흥분해서 두 손이 다 떨리더군. 신선하고 순수했어……. 마침 그 친구가 오는군. 기분이 나아질 말을 조금 해 주고 싶군.

트레플료프 (들어온다.) 이제 아무도 없군.

도른 여기 내가 있다.

트레플료프 나를 찾아 마샤가 온 정원을 돌아다니면서 고래고래 소리를 지르더군요. 지긋지긋한 여자 같으니.

도른 코스챠, 나는 네 작품이 정말 마음에 들었다. 물론 조금 이상하기도 하고 끝까지 보지도 못했지만, 어쨌든 강한 인상을 받았단다. 넌 분명히 뛰어난 재능이 있으니까 포기하지 말고 계속 쓰거라.

트레플료프가 그의 손을 꼭 잡더니 와락 껴안는다.

도른 이런, 이렇게 성격이 예민해서. 눈물까지 글썽이는구나. 내가 하고 싶은 말이 뭔지 알겠니? 너는 추상적인 관념의 영역에서 주제를 끌어 왔지. 결국 예술 작품이란 어떤 것에 대한 사상을 표현하는 작업이라는 면에서 네가 옳은 거야. 진지한 접근만이 진정으로 아름다운 법이지. 아니, 왜 그렇게 안색이 창백한 거냐?

트레플료프 그럼, 계속 쓰라고 말씀하시는 건가요?

도른 그래……. 다만, 네 재능은 오로지 내면 깊은 곳의 중요하고 영원한 진실을 표현하는 데 바쳐야 한다. 너도 알다시피 나는 평생 조용하고 평화롭게 지내왔고 또 그것에 만족해 왔어. 하지만 만약 내가 예술가들이 창작의 순간에 느끼는 그런, 정신의 고양 상태를 경험할 수만 있다면, 내 영혼을 둘러싸고 있는 물질적인 껍데기와 그에 속한 다른 모든 것을 떨쳐 버리고 지상을 떠나 좀 더 높은 곳으로 솟구쳐 올라가고 싶을 것 같구나.

트레플료프 죄송하지만, 니나는 어디에 있죠?

도른 그리고 한 가지 더. 작품에는 명료한 사상이 담겨야 해. 작가는 자신이 왜 글을 쓰는지 알고 있어야만 하지. 그렇지 않고 맹목적으로 예술의 길을 걷게 되면 넌 네 자신을 잃어버리고 말 거야. 그럴 땐 오히려 너의 재능은 너를 파멸시키는 독이 될 거고.

트레플료프 (초조하게) 니나는 어디에 있냐고요?

도른 집으로 떠났다.

트레플료프 (조급하게) 어쩌면 좋지. 그녀를 꼭 봐야 해요. 봐야 했는데……, 어서 가 봐야겠습니다.

도른 (트레플료프에게) 진정하렴.

트레플료프 어쨌든 가 봐야겠습니다. 당장 가 봐야 합니다.

마샤가 들어온다.

마샤 트레플료프 씨, 집으로 가 보세요. 어머니께서 걱정하며 기기다리고 계세요.

트레플료프 나는 떠났다고 전해 주세요. 그리고 두 분 모두에게 부탁드립니다. 절 좀 내버려 두세요! 부탁이에요! 더는 따라오지 말아요!

도른 아니, 이런, 이런, 그러면 못쓴다. 안 돼.

트레플료프 (눈물을 보이며) 의사 선생님, 안녕히 계세요, 정말 고마웠습니다. (나간다.)

도른 (한숨을 내쉬며) 청춘이야, 청춘이구먼!

마샤 사람들은 할 말이 없으면 '젊어서, 젊어서 그래.'라고 하지요. (코담배의 냄새를 맡는다.)

도른 (담뱃갑을 빼앗아 덤불 속으로 내던진다.) 그만둬요. 이건 건강에 좋지 않소! (사이) 집 안에서 음악 소리가 들리는군. 가 봐야겠어.

마샤 잠깐만요.

도른 왜 그러죠?

마샤 드리고 싶은 말이 있어요. 꼭 털어놓고 싶어요. (점점 더 흥분하여) 저는 아버지를 사랑하지 않아요……. 하지만 선생님께는 마음이 끌려요. 왜 그런지 저와 가깝다는 생각이 들어요……. 저를 좀 도와주세요. 그렇지 않으면 저는 어리석은 짓을 해서 제 인생을 스스로 조롱하고 망칠 것 같아요……. 더는 견딜 수가 없어요…….

도른 무슨 일이오? 무엇을 도와달라는 거요?

마샤 너무나 고통스러워요. 아무도, 아무도 이 고통을 알지 못해요. (그의 가슴에 머리를 기대고 속삭이듯) 트레플료프를 사랑합니다.

도른 아아, 젊은이들은 쉽게 흥분하지! 사랑은 또 얼마나 많은지…….
아, 마법의 호수여! (부드럽게) 내가 어떻게 하면 널 도울 수 있겠니? 마샤? 무엇을? 어떻게?

막이 내린다.

2막

소린의 저택 앞 잔디밭. 오른편으로 커다란 테라스가 딸린 저택이 뒤편으로 보이고, 왼쪽으로 햇빛을 받아 반짝이는 호수가 보인다. 화단이 꾸며져 있다. 정오, 무더운 날씨다. 잔디밭이 있고 보리수 고목 그늘 아래 벤치에 아르카지나, 도른, 마샤가 앉아 있다. 도른의 무릎에는 책이 펼쳐져 있다.

아르카지나 (마샤에게) 자, 그럼 잠깐 일어서 볼까?

두 사람, 일어선다.

아르카지나 내 옆에 나란히 서 봐. 넌 스물두 살이고, 난 거의 두 배로 나이가 많지. 도른 씨, 우리 중 누가 더 젊어 보이나요?

도른 물론, 부인입니다.

아르카지나 그렇죠? 왜 그런지 알아요? 그건 내가 일하고 언제나 정신없이 바쁘게 살기 때문이에요. 그런데 당신은 늘 한곳에 머물러 있죠. 그건 사는 게 아니에요……. 미래에 대해 절대 생각하지 말 것, 그게 나의 규칙이에요. 늙어 가는 것이며 죽음에 대해서는 생각지 않아요. 어차피 피할 수 없는 것이니까.

마샤 저는 아주 오래전에 세상에 태어난 것 같은 느낌이에요. 인생이라는 끝없이 긴 치맛자락을 질질 끌고 다니는 것만 같고……. 가끔은 살고 싶지 않다는 생각이 들 때도 있어요. (앉는다.) 물론, 이런 쓸데없는 생각은 날려 버려야겠죠. 마음을 잡아야겠어요.

도른 (낮게 노래한다.) "그녀에게 말해 다오, 나의 꽃들이여."

아르카지나 난 항상 영국 사람처럼 예의바른 표정을 유지하려고 노력한단다. 항상 긴장을 늦추지 않고, 옷차림이나 머리단장에도 신경을 쓰지. 내가 한 번이라도 실내복만 입거나 흐트러진 머리로 집 밖에 나서는 걸 본 적이 있니? 전혀. 내가 다른 여자들과 달리 젊음을 유지할 수 있는 것은 게으름 부리지 않기 때문이야. (양손을 허리에 댄 채 잔디밭 위를 걷는다.) 보세요. 열다섯 살 소녀 역할도 할 수 있어요.

도른 네, 그렇겠군요. 어쨌든 나는 계속 읽겠습니다. (책을 든다.) 어디 보자. 곡물상과 쥐가 나오는 데까지 읽었는데…….

아르카지나 그래요. 쥐가 나오는 대목. 이어서 읽으세요. (앉는다.) 아니, 책을 이리 주세요. 내가 읽겠어요. 내 차례군요. (책을 받아, 눈으로 읽을 곳을 찾는다.) 쥐가 나오는 데…… 아, 여기로군. (읽는다.) "사교계 사람들이 소설가들의 응석을 받아 주고 그들을 방임하는 것은 마치 곡물상이 창고에서 쥐를 키우는 것처럼 위험한 일이다. 그렇지만 사람들은 여전히 소설가들을 좋아한다. 여자들은 자기 애인으로 삼고 싶은 작가를 찾게 되면, 온갖 칭찬과 아첨으로 그를 포위한다." 프랑스 사람들의 경우라면 그럴지 몰라도, 우리나라 여자들은 전혀 다르죠. 그런 계획적인 행동을 하기 전에 상대방에게 홀딱 반해 버릴 테니까. 멀리서 찾을 필요도 없어요. 나와 트리고린이 바로 그런 예라고요.

소린이 지팡이를 짚고 니나와 함께 들어온다. 메드베젠코가 휠체어를 밀면서 그들 뒤를 따른다.

소린 (아이를 어르는 듯한 투로) 그런가? 어쨌든 기뻐해도 되겠구나. 오늘은 우리도 함께 즐거운 시간을 보낼 수 있겠지. (누이에게) 니나의 아버지와 계모가 트베리로 떠나서 지금부터 사흘 동안은 자유라는구나.

니나 (아르카지나 옆에 앉아서 그녀를 껴안는다.) 행복해요! 오늘 저는 당신 거예요.

소린 (휠체어에 앉는다.) 니나는 오늘따라 더 예뻐 보이는데.

아르카지나 오늘따라 옷도 예쁘고 사랑스럽네요……. 게다가 똑똑하기까지 하니. (니나에게 입을 맞춘다.) 하지만 지나친 칭찬은 오히려 해가 되니까. 트리고린은 어디 있지?

니나 낚시하고 계세요.

아르카지나 지치지도 않나 봐! (책을 계속 읽으려고 한다.)

니나 무슨 책이에요?

아르카지나 모파상의 《물 위에서》(소리 내지 않고 몇 줄을 더 읽는다.) 그 다음은 재미가 없구나, 진실 되지도 못하고. (책을 내려놓는다.) 왜 이렇게 마음이 편치 않을까. 말해 보렴. 내 아들에게 무슨 일이라도 있는 건가? 대체 왜 저리도 시무룩하고 울적해 보이는 것일까? 하루 종일 호숫가에 나가 있으니 전혀 만날 수도 없고 말이야.

마샤 마음이 좋지 않은가 봐요. (니나에게, 머뭇거리며) 부탁이에요. 그 사람 대본에서 한 구절 낭송해 주시겠어요?

니나 (어깨를 으쓱하며) 듣고 싶으세요? 그렇게 재미없는 것을?

마샤 (기쁨을 억누르며) 그가 뭔가를 읽을 때면 그의 두 눈은 빛나고 얼굴은 하얗게 변하죠. 그는 아름다우면서 슬픈 목소리를 가졌어요. 마치 시인과 같은 몸짓에.

소린이 코를 골기 시작한다.

도른 편안히 주무십시오!

아르카지나 페트루샤!

소린 어?

아르카지나 오빠 주무시는 거예요?

소린 아니.

사이.

아르카지나 오빠는 치료를 받지 않으시던데. 그건 문제예요. 신경 좀 쓰세요.

소린 나야 치료를 받고 싶지만 의사 선생께서 원치 않으시니.

도른 나이 예순에 무슨 치료란 말입니까!

소린 예순 살이라도 살고 싶은 법이거든.

도른 (빈정거리며) 정 그러시다면, 그럼 쥐오줌풀 액이라도 드시지요.

아르카지나 어디 온천에라도 다녀오시면 좋을 것 같아요.

도른 글쎄요. 가셔도, 안 가셔도 상관없습니다.

아르카지나 무슨 뜻인가요?

도른 뜻은 무슨 뜻이 있겠습니까. 그냥 그렇다는 거죠.

사이.

메드베젠코 담배를 끊으셔야 합니다.

소린 쓸데없는 소리.

도른 아니, 그게 아닙니다. 술과 담배는 사람의 개성을 빼앗아 버립니다. 담배를 피우고 보드카를 한 잔 마시고 나면 당신은 이미 소린이 아니라, 자신에게 누군가가 더해진 거죠. '자아'가 흩어져 버리고, 자기 자신이 제삼자인 양 생각하게 되지요.

소린 (웃는다.) 대단한 논리로군. 당신은 평생 동안 마음껏 살았겠지만……, 나는 어떻겠소? 28년을 법무부에서 일하느라, 한 번도 제대로 살아 보지 못했소. 이제라도 내가 제대로 살아 보겠다고 나서는 것도 당연하지 않나요. 당신은 배가 부르고 만족스럽게 살아왔으니 걸핏하면 철학이나 늘어놓으려 하지만, 어쨌든 난 제대로 살고 싶소. 그래서 식사할 때 셰리주(스페인 남부 지방에서 나는 백포도주)를 마시고 시가를 피우는 거지. 그게 이유요.

도른 자기 목숨보다 더 귀중한 건 없어요. 예순다섯에 치료를 받는다거나 젊었을 때 제대로 살지 못했다고 한탄하는 건, 죄송한 말이지만 그건 경박한 태도입니다.

마샤 (일어선다.) 점심 식사 할 시간이에요. 틀림없이. (축 처진 채 느리게 걷는다.) 내 다리가 잠들어 버렸나 봐……. (나간다.)

도른 저렇게 가서 식사 전에 두어 잔은 마실 겁니다.

소린 행복이라는 것을 모르는 가련한 아가씨야.

도른 쓸데없는 말씀은 하지 마시죠.

소린 선생은 마치 모든 걸 다 이룬 사람처럼 말하는군요.

아르카지나 아아, 이 한적한 시골의 권태보다 더 따분한 게 이 세상에 있을까. 공기도 후덥지근하고, 조용하고, 답답한데, 모두가 다 넋두리나 늘어놓고 있으니……. 여러분들과 함께하면서 이야기를 듣고 있는 것도 즐겁지만……. 그보다는 방 안에 앉아서 배역 연습을 하는 게 훨씬 더 낫겠어요!

니나 (감격하며) 멋져요! 그 말씀 잘 이해할 것 같아요.

소린 물론 도시에서 사는 것이 더 낫지. 서재에 앉아서 한가로운 시간을 보낼 수 있으니까. 하인들은 예고 없이 찾아온 사람들을 들여보내지 않고, 전화기도 있고……, 거리에는 마차들이 가득하고…….

도른 (노래한다.) "그녀에게 말해 다오, 오 나의 꽃들이여."

샤므라예프가 들어온다. 그의 아내 폴리나가 따라 들어온다.

샤므라예프 여기들 계셨군요. 안녕들 하십니까! (아르카지나의 손에 입 맞추고, 이어서 니나의 손에 입 맞춘다.) 다들 건강해 보이시니 저도 기쁩니다. (아르카지나에게) 부인께서 오늘 제 안사람과 함께 시내로 가실 거라고 들었는데, 그러신가요?

아르카지나 네, 그럴까 해요.

샤므라예프 흠……, 멋진 생각이군요. 하지만 뭘 타고 가시려는 거지요? 오늘은 호밀을 운반하는 날이라서 모든 일꾼들이 바쁜데, 어떤 말을 타고 가시려는 겁니까?

아르카지나 어떤 말이라뇨? 내가 그걸 어떻게 알겠어요!

소린 아니 왜, 외출용 마차를 끄는 말이 있지 않소.

샤므라예프 (흥분하면서) 무슨 말씀을 하시는 겁니까? 그러면 마구는 대체 어디서 구합니까? 정말 놀라운 말이네요. 존경하는 부인! 부인의 재능을 우러러보고 또 언제라도 부인을 위해서라면 제 목숨 가운데 10년도 기꺼이 나눠 드릴 수 있습니다만, 죄송하게도 오늘 마차를 끄는 데 내드릴 말은 한 필도 없습니다!

아르카지나 하지만 내가 꼭 시내에 나가야 한다면요? 정말 별일 다 보겠군요!

샤므라예프 그건 부인께서 농장 운영에 대해 모르시기에 하시는 말씀이십니다.

아르카지나 (발끈 화를 내며) 항상 그 얘기로군요! 그렇다면 오늘 당장 모스크바로 가겠어요. 마을 전체를 뒤져서라도 말을 빌려다 놓으세요. 그렇지 않으면 직접 걸어서라도 역으로 갈 테니까!

샤므라예프 (역시 발끈하며) 그렇다면 저도 그만두겠습니다! 다른 관리인을 구해 보십시요! (나간다.)

아르카지나 해마다 여름이면 이렇다니까. 여름마다 나는 이곳에서 모욕을 당한다고! 다시는 이곳에 오지 않겠어!

그녀가 낚시터가 있는 왼쪽으로 나간다. 조금 뒤, 집으로 들어가는 것이 보인다. 트리고린이 낚싯대와 양동이를 들고서 따라간다.

소린 (화를 내며) 어찌 이렇게 뻔뻔스러울 수가 있나! 도대체 이해가 안 돼! 당장 이리로 말이란 말은 모두 끌어다 놓으라고 해야겠어!

니나 (폴리나에게) 아르카지나 같은 유명 여배우의 부탁을 거절하시다니요! 그분이 바라는 것이라면 모두, 설사 그것이 변덕스러운 요구라 할지라도 농장 일보다 더 중요한 것 아닌가요? 진정 있을 수 없는 일이에요!

폴리나 (절망하여) 내가 뭘 할 수 있겠어요? 내 입장이 한번 돼 봐요. 내겐 아무 힘도 없는걸요.

소린 (니나에게) 누이에게 가 봅시다……. 떠나지 말라고 설득이라도 해 봐야지. 그렇지 않은가요? (샤므라예프가 나간 쪽을 보면서) 정말 참을 수 없는 인간이야! 꽉 막힌 폭군 같으니!

니나 (그가 일어서는 것을 말리며) 앉으세요, 그냥 앉아 계세요. 우리가 모셔다 드릴게요.

니나와 메드베젠코가 휠체어를 밀고 간다.

니나 오, 정말 무서운 일이에요!

소린 그래, 있을 수 없는 일이지……. 하지만 그자는 관리인을 그만둘 생각은 없을 거야. 당장 가서 이야기를 좀 해야겠어.

모두 나가고, 도른과 폴리나 두 사람만 남는다.

도른 끔찍한 사람들이야! 사실 당신 남편이라는 작자는 멱살을 잡고 여기서 쫓아내도 할 말이 없어. 저 노인네 같은 소린 씨와 누이동생이 그자에게 사과하는 걸로 마무리되겠지. 두고 보라고!

폴리나 그이는 외출용 말들까지 들판으로 내보냈어요. 하루도 말썽 없이 지나는 법이 없답니다. 그 때문에 내가 얼마나 마음고생을 하는지 알기나 하는지! 몸이 안 좋아요. 보세요. 지금도 몸이 이렇게 덜덜 떨리고 있어요……. 전 더 이상 그 사람의 난폭함을 참을 수가 없어요. (간청하듯) 도른, 소중한 내 사랑, 나를 데려가 주세요……. 세월은 얼마 남지 않았고, 우리는 이제 젊지 않으니, 남은 인생이라도 세상에 우리 사이를 떳떳이 드러내도록 해요.

사이.

도른 나는 쉰다섯 살입니다. 인생을 바꾸기엔 너무 늦었어요.

폴리나 알아요. 나 말고도 가까운 여자들이 많기 때문에 당신이 날 거절한다는 것을. 그렇다고 그 모든 여자들의 마음을 다 받아 줄 수는 없죠. 이해해요. 미안하군요. 당신을 귀찮게 해서.

집 부근에서 니나가 나타난다. 꽃을 꺾고 있다.

도른 아니, 그런 게 아닙니다.

폴리나 질투 때문에 괴로워요. 물론 당신은 의사라서 여자들을 피할 수 없겠죠. 그걸 이해하지만…….

도른 (가까이 다가오는 니나를 향해) 어떻게 됐나요?

니나 아르카지나 씨는 우시고, 소린 씨는 계속 기침을 해 대시고.

도른 (일어난다.) 가서 두 사람에게 쥐오줌풀 액이라도 드려야겠어.

니나 (그에게 꽃을 준다) 받으세요!

도른 고마워요. (집 쪽으로 걸어간다.)

폴리나 (그와 함께 걸어가면서) 어머, 참으로 예쁜 꽃이군요. (집 앞에서, 낮은 목소리로) 그 꽃을 이리 주세요! 이리 달라고요. (받더니 마구 꺾어서 한쪽으로 내던진다.)

두 사람, 집 안으로 들어간다.

니나 (혼자서) 참 이상해. 유명 여배우가 그처럼 하찮은 이유 때문에 운다는 건. 저명한 작가가, 대중의 사랑을 받고 신문마다 이름이 실리고 초상화가 팔리고 여러 나라에 작품이 번역되어 팔리는 그런 유명 작가가 하루 종일 낚시질하며 잉어 두 마리 잡았다고 기뻐하는 것도 이상해. 유명한 사람들은 곁에 다가가기 어려울 정도로 고고할 것이라 생각했는데. 그들은 빛나는 명성으로 무엇보다 재산을 귀하게 여기는 군중들의 속물근성에 보란 듯 복수할 줄 알았는데, 그런데 그런 사람들이 내 눈 앞에서 보통 사람들처럼 똑같이 울고, 낚시질도 하고, 카드놀이도 하고, 웃기도 하고, 화를 내고 있어…….

모자도 쓰지 않은 채, 트레플료프가 소총과 죽은 갈매기를 들고 들어온다.

트레플료프 여기엔 당신 혼자인가요?

니나 예, 그래요.

트레플료프가 니나의 발치에 갈매기를 내려놓는다.

니나 이게 무슨 뜻인가요?

트레플료프 난 오늘, 비겁하게도 이 갈매기를 죽였습니다. 이걸 당신의 발밑에 바칩니다.

니나 대체 왜 그러시죠? (갈매기를 집어 들고 물끄러미 바라본다.)

트레플료프 (잠시 침묵하다가) 이렇게 곧 나도 목숨을 끊을 겁니다.

니나 당신을 알 수가 없군요. 제가 알던 사람이 맞나요?

트레플료프 네, 당신이 더 이상 알던 사람이 아니게 됐을 때부터 난 이렇게 됐습니다. 나에 대한 당신의 태도는 바뀌었습니다. 당신의 시선은 차가워졌고, 내가 곁에 있으면 당신은 괴로워합니다.

니나 요즘 당신은 쉽게 짜증을 내고 이해할 수 없는 상징적인 말만 하더군요. 이 갈매기만 해도 뭔가를 이야기하고 있는 듯한데, 미안하지만 난 도무지 알 수가 없네요……. (갈매기를 벤치에 내려놓는다.) 나는 아주 단순해서 당신의 생각을 이해할 수가 없어요.

트레플료프 나의 연극이 보기 좋게 참패한 바로 그날 밤부터 시작된 겁니다. 여자들은 남자의 실패를 용서하지 않지요. 원고는 마지막 한 조각까지 불태워 버렸습니다. 내가 얼마나 불행한지 당신이 알기나 합니까! 나를 낯설게 바라보는 당신의 눈길이 무섭습니다. 하룻밤 사이에 호수가 말라붙어, 땅속으로 사라져 버린 것처럼 말이에요. 당신은 내 말이 이해가 가지 않는다고 하지만 따로 이해할 게 뭐가 있습니까! 내 작품이 그저 마음에 들지 않았던 겁니다. 그래서 나의 재능을 무시하고, 이제는 다른 별 볼 일 없는 인간이라고 생각하는 거라고……. (발을 구른다.) 그걸 모를 줄 알아? 너무도 잘 알아요! 그런 생각을 떠올리면 누군가 나의 머릿속을 칼로 쑤셔 대고 있는 것 같습니다. 나의 피를 마치 뱀처럼 빨아먹는 그따위 저주받을 자존심 말이오……. (책을 읽으며 걸어오는 트린고린을 본다.) 오호, 저기 대단한 천재 작가가 오시는군. 책을 들고 걷는 햄릿처럼 말이야. (흉내 내듯) "말, 말, 말들……." 태양빛이 아직 도달하지도 않았는데, 당신은 벌써 미소 짓고 있군요. 당신의 시선은 그 빛 속에 녹아들고 말았어요. 당신을 방해하지 않겠소. (빠르게 나간다.)

트리고린 (노트에 무언가 적으며) 코담배의 냄새를 맡고 보드카를 마시고……. 언제나 검은 옷을 입는 그녀는 교사의 사랑을 받는다…….

니나 안녕하세요, 트리고린 씨!

트리고린 안녕하십니까, 니나 양? 갑자기 예기치 않은 상황이 생겨 우리는 오늘 떠날 계획입니다. 언제 다시 만나게 될지 모르겠군요. 유감입니다. 젊은 아가씨들, 젊고 매력적인 그들을 만날 기회가 적어서, 열여덟이나 열아홉의 처녀가 어떻게 생각하는지 잊어버려 도무지 글을 쓸 수가 없네요. 나의 소설 작품 속에 나오는 젊은 여성 캐릭터들은 자연스럽지가 못하지요. 단 한 시간만이라도 당신의 입장이 되어서 젊은 여자의 눈으로 세상을 보고 어떻게 생각하는지 알고 싶습니다.

니나 저는 잠깐이라도 좋으니 당신의 입장이 돼 봤으면 하는데요.

트리고린 왜죠?

니나 유명하고 천재적인 재능을 가진 작가는 어떤 느낌일지 알고 싶어서요. 유명하다는 건 어떤 느낌인가요? 자신이 유명하다는 것을 실감하고 계신가요?

트리고린 어떤 감정이라? 그런 걸 느껴 본 적이 없군요. (잠시 생각하고 나서) 둘 중 하나일 겁니다. 당신이 내 명성을 부풀려 생각하고 있거나,

아니면 나 자신이 유명세라는 걸 도무지 느끼지 못하는 타입이거나.

니나 하지만 신문에서 난 자신에 대한 기사를 읽을 때는요?

트리고린 칭찬하는 기사를 읽으면 기분이 좋지만, 욕을 먹으면 한 이틀 쯤은 기분이 좋지 않아요.

니나 아, 멋지고 황홀한 세계예요! 제가 당신을 얼마나 부러워하는지 아세요? 사람들의 운명은 다양해요. 어떤 사람들은 보잘것없고 따분한 인생을 근근이 이어가다가 사람들에게 잊히고 마는데, 반대로 어떤 사람들은, 당신처럼 백만 명 중에 한 사람 정도로 드물지만, 화려하고 의미로 가득한 인생이 주어지잖아요……. 당신은 축복받은 분이세요…….

트리고린 내가 말입니까? (어깨를 으쓱하면서) 음……. 당신은 명성, 행복, 화려한 삶에 대해서 말하지만, 내게는 그 모든 것이, 미안하지만, 내가 한 번도 먹어 보지 못한 마멀레이드(오렌지나 레몬 등의 과일을 설탕에 조린 잼)와 같군요. 당신은 무척 젊어요. 그리고 친절하고요.

니나 당신의 삶은 멋져요!

트리고린 글쎄요, 어디가 그렇다는 것인지, 사실 그다지 특별할 게 없어요. (시계를 본다.) 이제 그만 가서 글을 좀 써야겠습니다. 미안해요. 시간이 부족해서……. (웃는다.) 당신은, 소위 말하는, 나의 가장 아픈 곳을 찌른 겁니다. 그래서 내가 이렇게 동요하고 다소간 화가 나기 시작한 것이죠. 그 멋지고 화려하다는 것에 대해 이야기해 봅시다……. 어디부터 시작할까요? (잠시 생각하고 나서) 예를 들어 밤이든 낮이든 달에서만 생각하는 사람이 있을 수 있어요. 내게도 그런 강한 집착이 있어요. 써야 한다, 써야 한다, 써야 한다는 하나의 생각이 밤낮으로 내 머리에서 떠나지 않습니다……. 한 작품을 끝내자마자 무슨 일인지 벌써 다른 작품에 착수해야 하고, 그리고 또 다음, 그리고 또 다음 이렇게 말입니다. 다람쥐 쳇바퀴 돌리듯이, 끊임없이 글을 씁니다. 다른 일은 생각할 수도 없어요.
나도 이런 자신을 어쩔 수가 없는데, 대체 어디에 멋지고 화려한 부분이 있는지 당신에게 묻고 싶군요. 오, 얼마나 소름 끼치게 지겨운 생활입니까! 지금도 당신과 흥분하고 이야기하고 있지만, 나는 여전히 아직 끝내지 못한 소설이 있다는 생각이 한순간도 떠나지 않습니다. 이렇게 피아노를 닮은 구름을 보면 나는 생각합니다. 소설 어딘가에서 '피아노를 닮은 구름이 흐른다.'라는 표현을 써먹어야지, 하고 말입니다. 헬리오트로프 향이 나면, 곧 마음속에 담아 둡니다. 달콤한 향기, 미망인의 꽃, 여름밤을 묘사할 때 써야지, 하고 말입니다. 지금 이 순간에도 나는 당신이 말한 모든 표현과 단어를 하나하나 놓치지 않고 나만의 문학 창고에 쌓아 두려 애쓰고 있습니다. 분명히 써먹을 데가 있을 거다 하면서요! 작품을 끝내고 나면, 극장에 달려가거나 낚시를 합니다. 그곳에서 휴식을 취하며 모든 것을 잊어버리려고 하지만, 마음처럼 쉽지 않습니다. 이미 새로운 주제가 묵직한 철제 포탄처럼 제 머릿속을 굴러다녀서, 어느새 책상으로 돌아가 쓰고 또 쓰는 일을 거듭하는 겁니다. 영원히 끝나지 않을 것처럼 이어지기에 항상 편할 때가 없습니다. 마치 내 생명을 갉아먹고 있는 듯 여겨집니다. 누군가에게 꿀을 주기 위해서, 나의 가장 좋은 꽃들의 꽃가루를 긁고, 꽃잎을 뜯고, 뿌리까지 짓밟고 있는 듯 느껴집니다. 이런데 과연 미치지 않고 견딜 수 있을까요? "어떤 글을 쓰고 있나요? 우리에게 무엇을 선사할 건가요?" 언제나 똑같은, 반복되는 말들, 아는 사람들의 주목, 칭찬과 감탄이 나한테는 그저 똑같은 입바른 소리로 들립니다. 환자를 속이

듯 나를 속이고 있는 것이 아닐까 생각하기고 있죠. 그래서 포프리시친(고골의 《광인일기》에 나오는 주인공)처럼 누군가 내 등 뒤로 다가와 정신병원으로 끌고 가지 않을까 겁이 날 때도 있어요. 누구나 가장 좋은 시절이라고 말하는 젊은 시절, 내가 막 글쓰기를 시작했던 그 시절에도, 글쓰기는 오직 고통의 연속이었어요. 특히 아직 성공하지 못한 젊은 작가는 자신이 못나고 초라하고 쓸모없다는 생각에 사로잡혀 신경이 곤두서고 예민하지요. 그래서 그는 견디지 못하고 젊은 작가, 특히 아무런 인정도 주목도 받지 못한 그는 마치 돈을 몽땅 잃은 노름꾼처럼 상대방의 눈도 감히 똑바로 쳐다보지 못하면서도 하염없이 문학과 예술에 관련된 사람들 주변을 배회합니다. 나는 내 작품의 독자를 실제로 대면해 본 적은 없지만, 어째서인지 그들이 나에게 적대적이고 의심이 많을 거라 여겨졌어요. 내게 대중은 두려운 존재였어요. 내 작품을 무대에 올릴 때마다, 매번 관객의 눈에는 적의가 서려 있고, 푸른 눈에는 차디찬 무관심이 담겨 있다고 느꼈죠. 이 얼마나 끔찍한 일입니까! 얼마나 끔찍하고 고통스러운 시간이었는지!

니나 하지만 영감이 떠오를 때나, 창작하는 과정에서 고귀한 행복감이 찾아오는 순간이 있지 않나요?

트리고린 물론 글쓰기는 내게 즐거움이지요. 교정 원고를 들여다보는 것도 나쁘지 않아요. 하지만……, 책이 세상에 나오게 되면 "내 의도는 그게 아닌데, 실수를 했어. 처음부터 쓰지 말았어야 했어." 하는 생각이 듭니다. 그렇게 짜증도 나고 기분도 울적해집니다……. (웃으며) 대중들은 책을 읽으면서 "그래, 제법 잘 쓴 작품이야……. 그렇지만 톨스토이에 비하면 아직 멀었군."이라든가 "괜찮은 작품이야. 하지만 투르게네프의 《아버지와 아들》 만큼은 못하군."이라고 합니다. 언제나 그런 평가가 이어지지요. 아마 내가 죽고 나면, 아는 사람들이 무덤을 지나면서 이렇게 말할 것입니다. "여기 트리고린이 누워 있지. 괜찮은 작가였어. 하지만 투르게네프보다는 못했지."

니나 죄송하지만, 당신의 말씀을 있는 그대로 믿기가 어렵네요. 성공에 도취된 말로 들립니다.

트리고린 성공이라고요? 지금까지 나는 한 번도 스스로를 기쁘게 해 준 적이 없어요. 나는 작가인 나를 사랑하지 않으니까요. 가장 최악인 것은, 머릿속을 가득 채우고 있는 희뿌연 연기가 내 정신을 혼미하게 해, 가끔 내가 무엇을 쓰는지조차 알지 못할 때가 있다는 겁니다……. 나는 호수와 나무와 이 푸른 하늘을 사랑합니다. 나는 자연을 느끼고 자연은 내게 글을 써야 한다는 열정, 저항할 수 없는 갈망을 불러일으킵니다. 하지만 나는 단순한 풍경 화가가 아니라 조국과 민중을 사랑하는 한 명의 시민입니다. 내가 작가라면 반드시 민족에 대해서, 민족의 고통과 미래에 대해서 말해야 하고, 과학에 대해서, 인권에 대해서, 그 밖의 여러 문제에 대해서 써야 한다는 의무감을 느끼지요. 그래서 내가 온갖 주제에 대해서 쓰려고 이리저리 서두릅니다. 사방에서 사람들이 화를 내며 들고 일어나 나를 몰아대기 시작하고 그러면 나는 사냥개들한테 쫓기는 여우처럼 이리저리 피하며 달아나기 바쁘지요. 현실과 과학은 앞으로 계속 나아가고 있는데, 나는 열차 시각을 맞추지 못한 농부처럼 언제나 제자리에서 뒤처지고 늦어지고 있다는 것을 압니다. 결국 나 자신이 풍경이나 그릴 줄 알지, 그 나머지에 대해서는 가짜, 속속들이 껍데기에 불과하다는 것을 느끼는 겁니다.

니나 당신은 일에 지쳐서 그러신 거예요. 그래서 자신의 가치를 인식할 시간도 관심도 없는 거지요. 당신은 다만 스스로 만족하지 못한다고 하지만 다른 사람들에게는 위대하고 멋진 분인걸요! 만일 제가 당신과 같은 작가라면, 일생을 러시아 민중에게 바쳤을 거예요. 그러면 대중은 작가로서 제가 얻은 정신적 성취에 도달해야 비로소 그들의 행복이 성취될 수 있음을 알고, 저를 승리의 전차에 태우고 다녔을 거예요.

트리고린 아, 전차라니……, 내가 뭐 아가멤논(트로이 전쟁 당시 그리스 군대 총지휘관)이라도 된단 말인가요?

두 사람, 미소 짓는다.

니나 작가나 여배우가 되는 행운을 얻을 수 있다면, 저는 주변 사람들의 냉대, 환멸, 가난도 견딜 수 있을 것 같아요. 다락방에 살면서 보리빵만 먹어도 좋아요. 자신에 대한 불만과 미완성이라는 자각이 주는 고통을 감수하면서 그 대신 저는 세상에 명성을 바랄 거예요.……. 진정한, 세상을 들썩이게 만들 명성 말이에요……. (두 손으로 얼굴을 감싼다.) 상상만으로도 아찔해요.

집 안에서 아르카지나의 목소리가 들린다. "보리스! 보리스!"

트리고린 나를 부르는군요……. 아마 짐을 꾸리라는 거겠죠. 하지만 이곳을 떠나고 싶지 않군요. (호수를 돌아본다.) 아, 얼마나 아름다운 곳인지! 자연의 축복이에요.

니나 호숫가 저쪽에 집과 정원이 보이시나요?

트리고린 네.

니나 돌아가신 제 어머니의 저택이에요. 저기서 제가 태어났어요. 평생 이 호수 주변에서 살아왔어요. 그래서 호수의 작은 바위섬 하나하나까지 모두 안답니다.

트리고린 여긴 참 멋진 곳입니다. (갈매기를 보고 나서) 이건 뭡니까?

니나 갈매기예요. 트레플료프가 쏜 거예요.

트리고린 아름다운 새로군요. 정말로 떠나고 싶지 않습니다. 좀 더 머물도록 아르카지나를 설득해 주시겠습니까? (수첩에 무언가를 적는다.)

니나 무엇을 적고 계시죠?

트리고린 그냥, 별것 아닙니다. 착상이 떠올라서……. (수첩을 주머니에 넣는다.) 단편소설을 위한 겁니다. 호숫가에서 자라난 한 젊은 처녀가 살고 있고, 그래요, 당신처럼 말이죠. 호수를 갈매기처럼 사랑하고, 또 갈매기처럼 자유롭고 행복하죠. 그런데 우연히 어떤 사람이 찾아와 그녀를 알게 되고, 심심풀이로 그녀를 파멸시킵니다. 마치 이 갈매기처럼 말이죠.

사이.

창문에 아르카지나의 모습이 나타난다.

아르카지나 보리스, 어디 있어요?

트리고린 지금 갑니다! (집으로 가다가, 니나를 흘끗 돌아본다. 그리고 아르카지나에게) 무슨 일이오?

아르카지나 이곳에 남아 있기로 했어요.

트리고린이 집으로 들어간다.

니나 (무대 앞으로 다가온다. 잠시 생각에 잠긴 채) 모든 게 꿈이야!

막이 내린다.

3막

소린 저택의 식당. 오른쪽, 왼쪽에 각각 문이 있다. 그릇, 약품을 넣어 둔 조그만 찬장. 방 한가운데에 식탁이 있다. 여행 가방과 상자가 쌓여 있어 떠날 차비를 했다는 것을 알 수 있다. 트리고린이 아침 식사를 하고 있고 마샤는 식탁 옆에 서 있다.

마샤 당신은 작가시니까 글쓰기에 도움이 될까 싶어 드리는 말씀입니다. 글의 소재로 사용할 수 있을 거예요. 그이가 심각하게 상처 입었다면 나는 하루도 더 살 수 없을 거예요. 하지만 나는 용감하거든요. 그래서 확실히 결정을 내렸어요. 그에 대한 사랑을 이 가슴에서 뿌리째 뽑아 버릴 겁니다.

트리고린 어떤 방법으로 말입니까?

마샤 메드베젠코와 결혼할 거예요.

트리고린 그 초등학교 교사 말인가요?

마샤 네.

트리고린 꼭 그렇게까지 해야 하는 건지 모르겠군요.

마샤 몇 년이나 기다리던 아무 희망 없는 사랑. 적어도 결혼을 하면 사랑에는 신경 쓸 여유도 없이 새로운 근심거리가 생겨 옛 상처를 지워

버리겠죠. 어쨌든 전 결심했어요. 한 잔 더 하시겠어요?

트리고린 벌써 많이 마셨어요.

마샤 자, 받으세요. (트리고린과 자신의 잔에 술을 따른다.) 그렇게 보지는 마세요. 당신이 생각하는 것보다 여자들은 더 자주 마신답니다. 나처럼 이렇게 드러내 놓고 마시는 여자는 적지만, 그래도 많은 여자들이 술을 마시죠. 당연하죠. 보드카 아니면 코냑을 말이에요. (두 사람, 건배한다.) 잘 가세요! 소탈하신 분이라 헤어지는 게 서운하군요.

두 사람, 모두 술을 마신다.

트리고린 사실 나도 떠나고 싶지 않소.

마샤 그러면 부인께 가지 말자고 부탁해 보세요.

트리고린 아니, 더는 있으려고 하지 않을 겁니다. 자기 아들이 극단적인 행동을 하니까요. 총으로 자살을 시도하질 않나, 사람들의 말에 따르면, 이제는 나에게 결투를 신청하려 한다더군요. 대체 왜 그러는지 알 수가 없습니다. 신경질을 내고 으르렁대지 않나, 새로운 예술 형식에 대해 일장연설을 늘어놓지를 않나. 예술에는 새로운 것과 옛 것이 공존할 만한 여지가 아예 없다는 듯이 말이죠.

마샤 아마, 질투심 때문일 겁니다. 하지만 이제 제가 참견할 일은 아니지만요.

사이.

야코프가 짐 가방을 들고서 왼쪽에서 오른쪽으로 지나간다. 니나가 들어와서 창가에 멈춰 선다.

마샤 결혼하려는 학교 선생은 뭐 똑똑한 사람은 아니지만, 착하고 가난한 사람이에요. 게다가 나를 아주 사랑한답니다. 그 사람이 안쓰러워요. 그이의 나이 드신 어머니도 불쌍하고요. 어쨌든, 안녕히 가세요. 나를 나쁘게 기억하지는 말아 주세요. (손을 꽉 잡는다.) 여러 모로 호의를 보여 주셔서 정말 감사드립니다. 책이 나오거든 꼭 자필 서명을 해서 보내 주세요. '존경하는'이라고 쓰지는 말고, 이렇게만 써 주세요. '가족의 정도 모르고, 무엇 때문에 살고 있는지도 잊어버린 마샤에게' 조심히 가세요. (나간다.)

니나 (주먹을 쥔 한쪽 손을 트리고린 쪽으로 내민다.) 짝수? 홀수?

트리고린 짝수.

니나 (한숨을 쉰다.) 홀수예요. 제 손에 든 건 완두콩 한 알뿐이에요. 제가 배우가 될 수 있을지 없을지 점을 쳐 본 거죠. 누군가와 의논이라도 할 수 있으면 좋을 텐데.

트리고린 그 문제는 스스로 결정해야지. 누구도 도와줄 수 없어요.

사이.

니나 이제 헤어지게 되는군요. 그리고……. 앞으로 다시는 만나지 못할 테죠. 저를 잊지 마시라고 이 조그만 메달을 드리고 싶어요. 당신 이름의 머리글자를 새겨 넣으라고 했어요……. 그리고 뒷면에는《낮과 밤》이라는 당신 책의 제목을 새겼고요.

트리고린 정말 우아하군요! (그는 메달에 입 맞춘다.) 참으로 멋진 선물입니다.

니나 가끔 저를 떠올려 주세요.

트리고린 당연하지요. 언제나 그 눈부시게 빛나던 날 만났던 당신 모습을 기억할 겁니다. 생각나나요? 일주일쯤 전에 당신이 밝은 색 옷을 입고 왔던 날 말입니다. 그때 우리는 이야기를 나누었죠……. 그때 벤치 위에 하얀 갈매기가 놓여 있었고요.

니나 (생각에 잠겨) 네, 갈매기…….

사이.

니나 사람들이 오고 있으니 더 이상 이야기할 수 없네요……. 떠나기 전에 제게 2분만 시간을 내주세요. 부탁드려요……. (왼편으로 퇴장한다.)

니나가 나가는 것과 동시에 오른편에서 아르카지나, 훈장이 달린 연미복을 입은 소린, 그리고 짐 꾸리느라고 바쁜 야코프가 오른쪽으로 들어온다.

아르카지나 오빠는 이제 늙으셨으니, 집에 계세요. 관절염을 앓고 계시면서 어디를 나가시겠다는 거예요. (트리고린에게) 누가 방금 나갔죠? 니나예요?

트리고린 그래요.

아르카지나 용서하세요, 우리가 방해했나 보군요……. 짐을 다 싼 것 같네요. 완전히 지쳤어요.

트리고린 (메달의 글귀를 읽는다.) 《낮과 밤》 121쪽, 11에서 12행.

야코프 (식탁을 치우면서) 낚싯대도 챙길까요?

트리고린 그래 주게, 꼭 필요한 물건이야. 하지만 책은 자네 맘대로 처리해 버려.

야코프 알겠습니다.

트리고린 (혼잣말로) 121쪽, 11에서 12행, (아르카지나에게) 이 집에 내가 쓴 책이 있나요?

아르카지나 오빠 서재에 있어요. 구석 책장에요.

트리고린 121쪽……. (나간다.)

아르카지나 정말로, 오빠는 집에 계셔야 해요.

소린 너희들이 떠나면, 나 혼자 남아 있기가 힘들어서 그래.

아르카지나 도시에 가면 무엇을 하시려고요?

소린 뭐, 특별한 일은 없지만, 그래도. (웃는다.) 새 법원 건물 기공식도 곧 있을 테고, 뭐 그렇지……. 아주 잠시라도 이런 답답한 생활에서 벗어나고 싶어. 이렇게 낡은 파이프처럼 처박혀 지내는 데 질려 버렸어. 1시까지 마차를 준비하라고 얘기해 두었다. 함께 출발하도록 말이야.

아르카지나 (잠시 뒤) 제발, 그냥 여기 있으세요. 답답하다고 생각하지 말고 감기 걸리지 않도록 조심하시고요. 제 아들을 보살펴 주세요. 올바른 길로 갈 수 있게 이끌어 주셔야 해요.

사이.

아르카지나 난 이제 떠나요. 코스챠가 왜 자살을 하려고 했는지 그 이유는 영영 알 수 없겠죠. 질투 때문이 아닐까 싶어서 트리고린과 함께 여기서 떠나는 게 좋겠다고 생각한 거죠.

소린 음, 뭐라 말해야 좋을지 모르겠구나. 그 애가 그런 행동을 했던 데는 질투 말고도 다른 이유가 있을 거다. 젊고 지혜로운 아이가 시골에,

이렇게 외진 곳에, 돈도 지위도 미래도 없이 살고 있으니. 도대체 할 만한 일이 있어야지. 그 애는 그렇게 빈둥거리는 게 부끄럽고 두려운 거야. 나는 그 애를 무척 사랑하고, 그 애도 나를 따르고 있다만, 여전히 스스로가 이곳에 붙어사는 쓸모없는 식객이라고 느낄 거야. 당연한 일이지. 자존심이 강한 아이니까.

아르카지나 그 애 때문에 정말 속상해요. (생각에 잠겼다가) 군대에 보내는 건 어떨까요……?

소린 (휘파람을 분다. 이어서 망설이다가) 내 생각엔 가장 좋은 방법은, 적은 돈이라도 그 애에게 좀 주는 게 어떨까 싶다. 무엇보다 옷차림이라도 사람답게 갖춰야 할 게 아니냐. 그 애는 외투도 없이 3년 째 언제나 똑같은 낡아빠진 코트만 끌고 다니잖니……. (웃는다.) 그리고 아직 젊으니 바깥세상 구경을 좀 시켜 주는 것도 나쁘지 않을 거야. 당분간 외국에라도 나가 있도록 하면 어떨까? 큰돈 드는 일도 아닌데…….

아르카지나 그렇다면……. 옷이라면 어떻게 해 줄 수 있지만, 외국에 보낸다니……. 아니야. 지금으로서는 옷을 해 줄 여유도 없어요. (단호하게) 돈이 없어요!

소린, 웃는다.

아르카지나 정말 없다니까요!

소린 (휘파람을 분다.) 어쩔 수 없지. 미안하다. 화를 내지는 말거라. 넌 고상하고 관대한 여자잖니.

아르카지나 (눈물을 보이며) 진짜로 돈이 없어요!

소린 내게 돈이 있다면 당연히 그 애에게 줬을 텐데. 그렇지만 나에게는 5코페이카짜리 동전 한 개 남아 있지 않구나. (웃는다.) 내 연금은 몽땅 관리인이 가져가서 농사니 목축이니 양봉에다 모조리 다 써 버려서, 그냥 사라졌지. 꿀벌도 죽지, 암소도 죽고, 이제는 말 한 필 내주지 않는구나.

아르카지나 그래요. 사실 돈은 어느 정도는 있어요. 하지만 저는 여배우잖아요. 의상비만으로도 파산할 지경이라고요.

소린 넌 착하고 사랑스러운 내 동생이야. 너를 정말 사랑한단다. 그럼 그렇고말고……. 아니, 내가 왜 또 이러지……. (조금 비틀거린다.) 머리가 어지러워. (식탁을 붙잡는다.) 몸이 안 좋아.

아르카지나 (놀라서) 오빠! (그를 부축하려고 애쓴다.) 오빠! (소리친다.) 누가 좀 도와줘요! 도와줘요!

머리에 붕대를 감은 트레플료프와 메드베젠코가 들어온다.

아르카지나 어지러우신가 봐!

소린 괜찮아, 괜찮대도……. (미소 지으며 물을 마신다.) 이젠 괜찮아……. 아무렇지도 않아…….

트레플료프 (어머니에게) 놀라지 마세요, 어머니. 위험할 정도는 아니에요. 요즈음 삼촌은 자주 이러세요. (삼촌에게) 삼촌, 가서 누우셔야겠어요.

소린 그럴까……. 어쨌든 나도 모스크바엔 갈 거다……. 가기 전에 조금만 누워야겠구나……. 당연하지……. (지팡이를 짚고 걸어간다.)

메드베젠코 (소린의 팔을 부축하며) 수수께끼입니다. 아침에는 네 발, 낮에는 두 발, 저녁에는 세 발…….

소린 (웃는다.) 그래, 밤에는 드러눕겠지……. 고맙지만 나 혼자 걸을 수 있다네.

메드베젠코 저한테까지 체면 차리실 필요는 없어요…….

그와 소린이 나간다.

아르카지나 깜짝 놀랐다!

트레플료프 삼촌은 시골 생활과는 어울리지 않아요. 우울해하시거든요. 안 맞아요. 어머니, 큰맘 먹고 삼촌한테 1천 루블쯤만 빌려 주시면, 한 1년쯤은 도시에서 지내실 수 있을 거예요.

아르카지나 나는 돈이 없다. 나는 배우지 은행가가 아니다.

사이.

트레플료프 어머니, 붕대를 좀 갈아 주시겠어요. 잘 하시잖아요.

아르카지나 (약장 넣어 둔 붕대가 든 상자와 요오드를 꺼낸다.) 의사 선생님이 늦는구나.

트레플료프 10시까지 오겠다고 하셨는데, 벌써 정오예요.

아르카지나 앉아라. (그의 머리에 감긴 붕대를 푼다.) 꼭 터번을 쓴 것 같구나. 어제 부엌에 있던 어떤 사람이 네가 어느 나라 사람인지 물었다는구나. 상처가 거의 아물었네. 조금만 더 치료하면 되겠구나. (아들의 머리에 키스한다.) 내가 없을 때 또 그런 짓을 하는 건 아니겠지?

트레플료프 걱정 마세요, 어머니. 그땐 미칠 것 같은 절망감으로 도저히 견딜 수가 없었어요. 다시는 그런 일 없을 거예요. (그녀의 손에 입 맞춘다.) 어머니 손은 정말 부드러워요. 아직도 기억나요, 아주 오래전 일인데, 어머니가 국립극장에서 일하실 때였어요. 저는 그때 어린아이였죠. 하루는 우리가 사는 건물의 마당에서 큰 싸움이 났는데, 세내고 살던 세탁부가 거의 죽을 만큼 얻어맞았지요. 기억나세요? 사람들이 기절한 그 여자를 옮겨 놓고, 그때 어머니가 그 여자를 돌보시면서 약도 가져다주시고, 그 여자 아이들을 씻겨 주기도 하셨죠.

아르카지나 기억이 나지 않는구나. (새로운 붕대를 감는다.)

트레플료프 그때 발레리나 두 명이 우리와 같은 집에 살았는데 자주 어머니한테 커피를 마시러 들르곤 했잖아요…….

아르카지나 그건 생각난다.

트레플료프 믿음이 아주 깊은 사람들이었죠.

사이.

트레플료프 최근 며칠 동안은 꼭 어린 시절로 돌아간 것처럼 마냥 어머니가 좋고 온 마음으로 사랑하게 됐어요. 어머니 말고 지금 저한테는 아무도 없어요. 그런데 왜, 어째서 어머니는 그 사람이 있어야 하는 거죠?

아르카지나 코스챠. 아직 넌 그분을 모른다. 아주 고상한 인격자야.

트레플료프 하지만 내가 결투를 신청하려 한다는 말에 그 고상한 인격자라는 분께서 겁쟁이가 되셨죠. 도망치잖아요. 수치스럽게 말이에요.

아르카지나 그런 말도 안 되는 소리가 어디 있니! 내가 떠나 달라고 부탁했다. 우리가 친한 모습이 물론 네게는 거슬리겠지. 하지만 너에게도 지성이라는 게 있잖니. 나의 선택을 존중해 달라고 너에게 요구할

권리가 내게도 있단다.

트레플료프 물론 어머니의 선택을 존중합니다. 하지만 저의 자유도 인정해 주셔야 해요. 제가 원하는 대로 그 사람을 대할 수 있다는 것 말입니다. 고상한 사람! 그 사람 때문에 우리가 이렇게 다투고 있잖아요. 지금 그 사람은 응접실이나 정원 어딘가에서 저와 어머니를 비웃고 있을 거예요. 니나를 구슬려서 자기가 천재라도 되는 듯 착각하게 만들잖아요.

아르카지나 너는 내가 불쾌해지는 말을 하는 게 즐거운가 보구나. 나는 그분을 존경한다. 그러니 내 앞에서는 제발 그분에 나쁘게 말하지 말아다오.

트레플료프 저는 존경하지 않습니다. 어머니는 제가 그 사람을 천재라고 여기기를 원하시지만, 죄송합니다만, 저는 거짓말은 못하겠어요. 저는 그 사람의 작품을 혐오합니다.

아르카지나 그건 질투하는 거다. 재능은 없이 욕심만 있는 사람들이 진짜 재능 있는 사람을 보면 불평만 하거든. 그렇게라도 위안을 하려는 거지!

트레플료프 (비꼬는 투로) 진짜 재능! (화가 나서) 저도 할 말은 해야겠습니다. 어머니가 어울려 다니시는 그 어떤 이들보다 제가 더 재능이 있을걸요! (머리에서 붕대를 잡아 뜯는다.) 낡아 빠진 노인네들이, 예술계 윗자리를 차지하고 앉아 자신들이 만든 것만이 유일하게 올바른 것이라고 주장하면서 다른 모든 것은 잘못됐고 틀렸다고 억압하고 무시하면서요! 난 그런 예술관은 인정하지 않습니다! 어머니나 그 사람을 인정할 수 없다고요!

아르카지나 데카당!

트레플료프 그럼, 어머니가 사랑하시는 극장으로 돌아가서 평범하고 볼품없는 구닥다리 연극이나 실컷 하시라고요!

아르카지나 지금까지 내가 연기한 작품 중에 그런 건 없다. 참견하지 마라! 너야말로 그 알량한 익살극 대본 하나 제대로 쓰지 못하잖니. 키예프의 속물 같으니! 식충이!

트레플료프 구두쇠!

아르카지나 건달!

트레플료프가 앉아서 나직하게 흐느낀다.

아르카지나 못난 녀석! (극도로 흥분하여 서성인다.) 울지 마라! 울 것까지는 없잖니……. (운다.) 제발 그러지 마라……. (아들의 이마, 볼, 머리에 입을 맞춘다.) 사랑하는 내 아들아, 용서해 다오. 이 죄 많은 어미를 용서해라. 이 불행한 나를 용서해라.

트레플료프 (그녀를 끌어안는다.) 아시나요? 전 모든 것을 잃고 말았어요. 그녀도 저를 사랑하지 않아요. 더는 글을 쓸 수도 없어요. 모든 희망이 사라졌어요.

아르카지나 좌절하지 마라……. 시간이 지나면 다 잘될 거다. 나도 그 사람도 오늘 여길 떠나니까, 그 여자도 다시 널 사랑하게 될 거야. (아들의 눈물을 닦아 준다.) 그렇고말고……. 우리 이제 화해한 거지?

트레플료프 (어머니의 손에 입을 맞춘다.) 네, 어머니.

아르카지나 (부드럽게) 그 사람과도 화해해라. 결투는 안 된다. 그럴 거지?

트레플료프 좋아요……. 다만 어머니. 그 사람을 다시는 보고 싶지 않아요. 견딜 수가 없어요……. 감당할 수가 없어요…….

트리고린이 들어온다.

트레플료프 그 사람이 오는군요. 전 가겠어요. (서둘러 약을 약장에 넣는다.) 붕대는 의사 선생님에게 부탁드리겠어요.

트리고린 (책장을 뒤적인다.) 121쪽…… 11에서 12행……. 여기로군. (읽는다.) "당신이 내 생명이 필요하다면 언제든 와서 가져가세요."

트레플료프, 마룻바닥에 떨어진 붕대를 집어 나간다.

아르카지나 (시계를 보고 나서) 이제 곧 말이 준비될 거예요.

트리고린 (혼잣말로) 당신이 내 생명이 필요하다면 언제든 와서 가져가세요.

아르카지나 당신도 짐을 다 챙기셨나요?

트리고린 (조급하게) 네, 네. (생각에 잠겨서) 순수한 영혼의 이런 호소가 왜 내겐 슬프게 들리는 것일까, 어째서 나의 가슴은 이토록 아파 오는 것일까……. 당신이 내 생명이 필요하다면 언제든 와서 가져가세요. (아르카지나에게) 우리 하루만 더 머무릅시다!

아르카지나, 거절하며 머리를 흔든다.

트리고린 하루만 더!

아르카지나 무엇이 당신을 이곳에 잡아 두는지 알아요. 하지만 자제할 줄 알아야 해요. 당신은 감정에 취해 있어요. 깨어나세요. 제발…….

트리고린 당신도 진지하고 지혜롭게 생각해 보시기 바랍니다. 부탁이에요. 참된 친구로서 이 모든 것을 봐 주시죠……. (그녀의 손을 잡는다.) 당신은 자신을 희생할 만한 너그러운 아량이 있잖소……. 친구로서 나를 그냥 놔 주십시오…….

아르카지나 (크게 흥분하면서) 그렇게도 마음이 끌리셨나요?

트리고린 그녀에게 마음이 끌립니다. 어쩌면 그녀야말로 내가 정말로 필요로 하는 존재일지도 몰라요.

아르카지나 시골 처녀의 사랑이? 아, 당신은 어쩌면 그렇게 자기 자신을 모르는 건가요?

트리고린 때때로 사람은 걸으면서도 잠을 잡니다. 지금 당신과 이야기하고 있지만 마치 잠에 빠져 그녀의 꿈을 꾸고 있는 것 같습니다. 달콤하고 신비로운 환영이 내 마음을 뒤흔들었어요. 그만 나를 놓아주십시오!

아르카지나 (몸을 떨면서) 아니! 그럴 수는 없어요! 나도 한낱 평범한 여자에요 내게 그렇게 얘기하면 안 돼요……. 그런 식으로 날 괴롭히지 말아요. 보리스, 날 겁주지 말아요. 무서워요…….

트리고린 마음만 먹으면, 당신은 비범한 사람이 될 수 있어요. 젊고 매혹적이고 시적인 사랑, 공상의 세계로 데려다 주는 사랑, 그것만이 세상에 행복을 가져다줍니다! 나는 젊었을 때 문단을 들락거리며 가난과 싸우느라 그런 사랑을 해 본 적이 없어요……. 그런데 이제야 그런 사랑이 나를 찾아와서 손짓하고 있는데……, 어째서 그걸 거부해야 한단 말이오?

아르카지나 (화를 내며) 당신 미쳤군요!

트리고린 나를 놓아주시오.

아르카지나 오늘 모두가 나를 괴롭히기로 작정을 했군요. (운다.)

트리고린 (머리를 움켜쥐며) 이해하지 못했군! 이해해 줄 수 없나요?

아르카지나 내 앞에서 거리낌 없이 다른 여자 이야기를 할 만큼 제가 그렇게도 늙고 보기 싫어졌나요? (그를 끌어안고 입 맞춘다.) 당신은 미쳤어요! 사랑하는 나의 보리스! 당신은 내 인생의 마지막 장이에 무릎을 끌어안는다.) 만일 당신이 단 한 시간만이라도 나를 버린다면, 나는 도저히 살아갈 수 없을 거예요. 미쳐 버릴 거예요. 오, 놀랍도록 아름다운 나의 사랑, 나의 지배자…….

트리고린 다른 사람들이 올지도 모릅니다. (그녀가 일어나도록 도와준다.)

아르카지나 올 테면 오라고 나는 당신을 향한 내 사랑이 부끄럽지 않아요. (그의 손에 키스한다.) 나의 소중한 사람, 왜 그런 어처구니없는 생각을 해요. 당신이 어리석은 선택을 한다면 나는 그냥 내버려 두지 않겠어요. 놓아주지 않을 거예요. (웃는다.) 당신은 내 사람이에요……. 내 사람……. 이 이마도 나의 것, 이 눈도 나의 것, 이 비단결 같은 머리카락도 나의 것……. 당신은 모두 내 거예요. 당신은 재능 있고, 현명하며, 현대 작가들 가운데 가장 훌륭하지요. 당신은 러시아의 유일한 희망이에요. 당신의 작품은 진실하고, 소박하고, 신선한 느낌과 건전한 유머가 가득해요. 당신은 단 한 줄로 사람이나 풍경의 특징을 단번에 포착할 수 있어요. 당신이 묘사한 사람들은 살아 숨 쉬는 것 같아요. 당신 작품을 읽으면 저절로 감탄사가 나오지 않을 수 없어요! 내가 아첨을 한다고 생각하나요? 내가 당신 비위를 맞추려고 이런 소리를 하는 줄 아세요? 그렇다면 내 눈을 똑바로 보세요……. 보라니까요……. 내가 거짓말쟁이로 보이나요? 자, 아시겠죠? 오직 나만이 당신의 진정한 가치를 알고 있어요. 나만이 당신에게 진실을 이야기한다고요. 나의 사랑하는 이여, 아름다운 사람……. 나와 함께 갈 거죠? 그렇죠? 나를 버리지 않을 거죠?

트리고린 내게는 의지라는 게 없어요……. 이제껏 내 의지대로 행동한 적이 한 번도 없었어요……. 무기력하고, 쉽게 부서지고, 언제나 고분고분했는데, 어떻게 여자에게 마음을 얻을 수 있겠소. 나를 붙잡아 주시오. 당신과 함께하겠어. 내 곁에서 한 발짝도 떨어지면 안 돼.

아르카지나 (혼잣말로) 이제 이 사람은 내 거야. (아무 일도 없었던 듯 거리낌 없이) 그렇지만 정말 원한다면 남아 있어도 좋아요. 나 혼자 떠날 테니, 당신은 다음에, 한 일주일 뒤에 오시죠. 네, 맞아요. 사실 당신은 서둘러 떠날 이유가 없잖아요.

트리고린 아니, 함께 갑시다.

아르카지나 원하신다면, 함께 떠나기로 하죠.

사이.

트리고린, 수첩에 무언가를 쓴다.

아르카지나 무엇을 쓰는 거예요?

트리고린 아침에 훌륭한 표현을 들었거든. "처녀림……." 써먹을 때가 있을 거야. (기지개를 켠다.) 그럼, 이제 정말 떠나는 건가요? 또다시 열차, 정거장, 식당, 커틀릿, 그리고 끝도 없이 이어지는 잡담이 기다리고 있겠군.

샤므라예프 (들어온다.) 섭섭하지만 마차 준비가 됐음을 알려 드립니다. 존경하는 부인, 정거장으로 떠날 시간입니다. 열차는 2시 5분에 도착

합니다. 그리고 이리나 니콜라예브나, 제발 부탁드립니다. 수즈달체프라는 배우가 지금 어디 있는지 잊지 말고 꼭 좀 알아봐 주십시오. 살아 있는지, 건강한지 말입니다. 옛날에는 함께 어울려서 몇 차례 술을 마시곤 했는데……. 〈우체국 강도〉에서 누구도 흉내 내지 못할 연기를 보여 주었죠. 그때 같은 극단에서 활동했던 이즈마일로프라는 비극 배우도 훌륭했어요. 서두르실 건 없습니다. 아직 5분 정도의 여유가 있으니까요. 한 번은 두 배우가 어떤 멜로드라마에서 음모자 배역으로 같이 출연한 적이 있었는데, 그들이 일망타진 되는 대목에서 글쎄 이즈마일로프가 "우린 함정에 빠졌다."라고 말하는 대신 "우린 항아리에 빠졌다."라고 하는 겁니다. (큰 소리로 웃는다.) 항아리라니……!

샤므라예프가 말하는 동안, 야코프는 여행 가방 주위를 바삐 움직이고, 하녀는 아르카지나에게 모자와 외투, 우산과 장갑을 가져다준다. 모두가 아르카지나의 치장을 돕는다. 왼쪽 문에서 요리사가 안을 들여다보다가 망설이며 들어온다. 폴리나, 이어서 메드베젠코가 들어온다.

폴리나 (아르카지나에게 작은 바구니를 내밀면서) 여행 중에 드실 자두를 좀 담았어요. 무척 달아요. 여행길에서 맛있게 드실 수 있을 겁니다.

아르카지나 정말 고마워요, 폴리나 안드레예브나.

폴리나 안녕히 가세요! 마님. 마음에 들지 않은 일이 있었더라도 용서해 주세요. (운다.)

아르카지나 (그녀를 안는다.) 모든 게 좋았어요, 정말이에요. 울지 말아요.

폴리나 우리들의 시간이 흘러가고야 마는군요!

아르카지나 어쩔 수 없는 일이죠.

소린 (어깨 망토가 달린 외투를 입고, 모자를 쓰고, 지팡이를 들고 왼쪽 문에서 들어와 방을 가로질러 걷는다.) 얘야, 시간이 다 됐다. 기차 시간에 늦겠어. 먼저 마차에 타겠다. (나간다.)

메드베젠코 저는 걸어서 정거장에 가 있겠습니다. 제가 배웅해 드려야지요. (나간다.)

아르카지나 잘 있어요. 건강하게 지내다 내년 여름에 다시 만나요…….

하녀, 야코프 그리고 요리사가 그녀의 손에 입을 맞춘다.

아르카지나 나를 잊지 말아요. (요리사에게 1루블을 준다.) 세 사람 몫이에요.

요리사 정말로 감사드립니다, 마님. 즐거운 여행이 되시길 빕니다! 마님 덕에 즐거웠습니다!

야코프 하느님의 은총으로 행복하시길 빕니다!

샤므라예프 짧게라도 편지 주시면 기쁠 겁니다! 안녕히 가십시오!

아르카지나 코스챠는 어디 있지? 내가 떠난다고 전해 주세요. 작별 인사를 해야겠어요. (야코프에게) 요리사에게 1루블을 주었으니, 셋이 나눠 써요.

모두 다 오른쪽으로 나간다. 무대가 텅 빈다. 무대 뒤에서 배웅하는 소리가 들린다. 하녀가 돌아와 식탁 위에 두고 간 자두 바구니를 들고 급히 나간다.

트리고린 (다시 들어온다.) 지팡이를 놓고 왔군. 테라스에 둔 거 같은데.

트린고린은 걸어가다가 왼쪽 문 앞에서 막 들어오는 니나와 마주친다.

트리고린 당신이군요. 우리는 막 떠나는 중이에요.

니나 우리는 다시 만날 거라고 생각했어요. (흥분해서) 트리고린 씨, 운명에 맡기기로 결정했어요. 주사위는 던져졌어요. 저는 무대로 진출하겠어요. 아버지 곁을 벗어나서 모든 걸 버리고 새로운 인생을 시작할 거예요……. 당신처럼 저도 떠날 거예요. 모스크바로 갈 거예요. 그곳에서 다시 만날 수 있을 거예요.

트리고린 (주위를 살피고) 모스크바에 가거든, '슬라반스키 바자르 호텔'에 묵으십시오……. 곧장 나에게 연락을 주고요……. 나는 몰차노프카 거리, 그로홀스키 하우스에 있을 겁니다. 가 봐야겠소.

사이.

니나 제발, 잠깐만요…….

트리고린 (낮은 목소리로) 당신은 정말 아름다워요. 우리가 다시 만난다고 생각하니 기쁘기 그지없군요.

니나가 그의 가슴에 기댄다.

트리고린 아, 이 매혹적인 눈, 말할 수 없이 아름답고 사랑스러운 미소를……. 이 부드러운 얼굴을, 천사 같은 순수한 표정을 다시 볼 수 있다니……. 나의 소중한 니나.

긴 키스.

막이 내린다.
3막과 4막 사이에는 2년의 시간이 흐른다.

4막

트레플료프의 집필실로 꾸민 소린 저택의 응접실. 왼쪽, 오른쪽에는 각각 내실로 통하는 문이 있고, 중앙에는 테라스로 난 유리문이 열려 있다. 평범한 응접실 가구 이외에 오른쪽 구석에는 집필용 책상이 있고, 왼쪽 문 옆에는 터키식 소파와 책이 가득 꽂힌 책장이 서 있다. 창문과 의자 주변에 책 무더기가 쌓여 있다. 저녁. 테이블 위의 갓 씌운 램프 불빛이 방 안을 희미하게 비추고 있다. 거센 바람이 나무 꼭대기를 흔들고 굴뚝 아래로 휘몰아치며 윙윙 소리를 낸다. 야경꾼의 딱따기 소리. 메드베젠코와 마샤가 들어온다.

마샤 (트레플료프를 부른다.) 트레플료프 씨! 트레플료프 씨! (주위를 둘러보면서) 아무도 없네. 영감님이 1분이 멀다 하고 "코스챠는 어디 있니, 코스챠는 어디 있어?" 하고 자꾸 물어보시니……. 그 사람이 없으면 오래 못 버티실 거야.

메드베젠코 혼자 있는 게 두려우신 거야. (귀를 기울이면서) 엄청난 날씨야! 벌써 이틀째라고.

마샤 (램프의 심지를 올려 불을 밝게 하면서) 호수에는 파도가 일어요. 아주 커다란 파도예요.

메드베젠코 정원이 어둡군. 정원에 있는 저 낡은 무대는 철거해야 할 텐데. 텅 빈 채 뼈대만 남은 게 보기 흉하군. 천막은 바람에 펄럭거리고, 어제저녁에 그 옆을 지나가는데 그 속에서 누군가 울고 있는 것 같은 소리가 나더라고.

마샤 그래요…….

사이.

메드베젠코 마샤, 집으로 돌아갑시다!

마샤 (고개를 젓는다.) 나는 여기서 잘 거예요.

메드베젠코 (간청한다.) 마샤, 집으로 돌아갑시다! 아기가 배고파 할 텐데.

마샤 걱정 말아요. 마트료나가 먹여 줄 거예요.

사이.

메드베젠코 불쌍도 하지. 벌써 사흘 밤이나 엄마 없이 지내다니.

마샤 당신은 갈수록 따분한 사람이 돼 가는군요. 예전에는 그래도 철학적인 얘기라도 늘어놓더니, 이젠 항상 "집으로 아기한테 갑시다." 하고 말할 뿐이니. 다른 말은 전혀 모르나요?

메드베젠코 돌아갑시다, 마샤.

마샤 가고 싶으면 혼자 가세요.

메드베젠코 당신 아버지가 내게는 말을 내주지도 않으실 거야.

마샤 내주실 거예요. 부탁해 보세요.

메드베젠코 좋아, 그럼 부탁해 보겠소. 그러면 당신은 내일 오겠소?

마샤 그래요, 내일 갈 거예요. (코담배의 냄새를 맡는다.)

트레플료프와 폴리나가 들어온다. 트레플료프는 베개와 담요, 폴리나는 침대 시트를 가져와서 터키식 소파 위에 내려놓는다. 트레플료프가 자신의 책상으로 가서 앉는다.

마샤 무슨 일이죠, 어머니?
폴리나 소린 씨가 코스챠 옆에 자리를 마련해 달라고 하셨거든.
마샤 주세요, 내가 할 게요……. (침구를 편다.)
폴리나 (한숨을 쉬고서) 나이가 들면 어린애가 된다더니……. (책상으로 다가가 팔꿈치를 괴고 원고를 들여다본다.)

사이.

메드베젠코 그럼, 난 가 보겠소. 안녕, 마샤. (아내의 손에 입 맞춘다.) 안녕히 주무세요, 장모님. (장모의 손에 입 맞추려 한다.)
폴리나 (짜증스럽게) 그래! 잘 가게.

트레플료프가 말없이 그와 악수한다. 메드베젠코가 나간다.

폴리나 (원고를 보면서) 우리 가운데 코스챠가 정말 작가가 될 거라고 생각한 사람은 아무도 없었지. 그런데 고맙게도, 잡지사에서 이렇게 원고료를 부쳐 오고 있으니. (한 손으로 그의 머리를 쓰다듬으며) 더구나 이렇게 멋진 청년이 될 줄이야. 사랑스런 코스챠, 우리 마샤에게 좀 더 잘 대해 주렴.

마샤 (침구를 펴면서) 그를 방해하지 마세요, 어머니.

폴리나 (트레플료프에게) 마샤는 착한 아이야.

사이.

폴리나 여자들이 남자에게 바라는 오직 하나뿐이야. 따뜻하게 대해 주는 것, 그뿐이지. 내가 잘 알아.

트레플료프, 탁자에서 일어나 말없이 밖으로 나가 버린다.

마샤 보세요. 결국 화나게 만드셨군요. 제발 그 사람을 귀찮게 하지 마세요!

폴리나 네가 불쌍해서 그러는 거야. 마센카.

마샤 잘하셨어요!

폴리나 너 때문에 내 마음이 찢어질 듯 아프다. 모두 다 보고 알고 있어.

마샤 모든 게 부질없어요. 희망 없는 사랑, 그건 소설에나 있는 얘기지요. 다 소용없는 일이에요. 낙심하며 하염없이 기다리고 기다릴 필요가 없어요……. 가슴속에 사랑의 감정이 생긴다 싶으면 당장 뿌리째 뽑아 버려야 하죠. 남편이 다른 지역 학교로 전근 발령을 받았어요. 다른 곳으로 가게 되면 모든 걸 다 잊어버릴 거예요……. 가슴에서 뿌리째 뽑아 버릴 거예요.

다른 방에서 우울한 왈츠의 선율이 들려온다.

폴리나 코스챠가 연주하는구나. 우울한 모양이야.

마샤 (소리 나지 않게 왈츠에 맞춰 두세 번 스텝을 밟는다.) 어머니, 정말 다행인 건 앞으로 그를 눈앞에 두고 보지 않는 거예요. 남편의 전임지로 가게 되면, 믿어 주세요, 한 달 안에 모두 잊어버릴 수 있어요. 그러니 아무 걱정하지 않으셔도 돼요.

왼쪽 문이 열리고 도른과 메드베젠코가 소린이 탄 휠체어를 밀고 온다.

메드베젠코 우리 가족은 모두 여섯입니다. 그런데 곡식은 1푸드(러시아의 옛 무게 단위, 16.38킬로그램)에 70코페이카나 한다니까요.

도른 또 죽는다는 소리를 하는군.

메드베젠코 당신은 웃을 수 있으니 다행이군요. 당신에게는 돈이 굴러다니나 봅니다.

도른 돈 말이오? 이보시오, 지난 30년 간 나는 쉬지 않고, 밤낮을 가리지 않고 진료했지만 고작 저축한 것이라고는 2천 루블뿐이요. 그것도 얼마 전에 외국 여행을 다녀오느라 모조리 써 버려서 지금은 아무것도 남은 게 없단 말이오.

마샤 (남편에게) 아직 안 가셨나요?

메드베젠코 (잘못이라도 한 얼굴로) 말을 내주지 않는데, 어떻게 가겠소?

마샤 (성가시다는 듯이, 낮은 목소리로) 차라리 눈앞에서 사라져 버렸으면 좋겠어!

휠체어가 방의 왼편 중앙에서 멈춘다. 폴리나, 마샤, 도른이 그 옆에 앉는다. 애처로운 표정의 메드베젠코가 구석으로 물러난다.

도른 여기도 많이 변했군요! 응접실을 서재로 만들다니.

마샤 트레플료프 씨가 여기서 작업하는 게 더 좋대요. 마음이 내키면 언제든 정원으로 나가서 생각에 잠길 수가 있으니까요.

야경꾼의 딱따기 소리.

소린 내 여동생은 어디 있소?

도른 트리고린을 마중하러 정거장에 갔습니다. 곧 돌아올 겁니다.

소린 의사 양반이 동생을 이곳으로 불러오라고 한 걸 보면 내 병이 몹시 중한가 보군. (잠시 침묵한다.) 그런데도 약은 주지도 않으니 참으로 이상한 일이군.

도른 도대체 무슨 약을 바라세요? 쥐오줌풀 액? 소다? 아니면 키니네?

소린 저런, 또 철학 강의가 시작되는군. (머리로 소파를 가리킨다.) 내가 누울 잠자리?

폴리나 그래요, 소린 씨.

소린 고맙소.

도른 (노래한다.) "밤하늘에 달이 헤엄치고(러시아의 작곡가 쉴로프스키의 세레나데의 첫 구절)……."

소린 코스챠에게 이야깃거리를 하나 주려고 해. 제목은 '꿈꾸는 사나이', 즉 'L'homme, qui a voulu'라고 해야 할 거야. 젊었을 때 나는 작가가 되고 싶었지만 이루지 못했어. 웅변가가 되고 싶었지만, 보다시피 내 말솜씨는 보잘것없지. (자기 목소리를 흉내 내며) "언제나 그렇게 어, 어 하면서……." 뭘 하든 되는 게 없었지. 몇 가지만 떠올려도 온몸에 식은땀이 흐를 지경이었지. 결혼을 하고 싶었지만 뜻대로 되지 않았고, 도시에서 늘 살기를 원했지만 이렇게 시골에서 생을 마쳐야 하고, 늘 매사가 그런 식이 되어 버렸지.

도른 원하던 4등관이 되지 않았습니까.

소린 (웃는다.) 그건 별로 애쓴 게 아니었는데, 저절로 그렇게 된 거요.

도른 62년을 살아오신 분이 인생이 불만스럽다고 말하는 것에 공감할 수 없군요. 그것은 너그러운 모습은 아니군요.

소린 정말 고집 센 당나귀 같군. 그러니까 나는 제대로 살고 싶다는 말이오!

도른 순진한 생각입니다. 자연의 법칙에 따라 모든 생명 있는 것은 끝이 있게 마련이니까요.

소린 그건 선생처럼 인생을 달관한 이들의 논리요. 당신은 배가 부르니까 도무지 인생에 바라는 게 없는 거야. 그러니 태평할 수 있는 거겠지. 그렇지만 당신도 죽을 때가 되면 두려워질 거요.

도른 죽음의 공포, 그것은 극복해야 할 동물적인 감정입니다. 그런 것은 억눌러야 합니다. 영원한 내세의 삶을 믿는 사람들이나 죽음을 두려워할 수 있는 거예요. 그동안 지은 죄가 무서운 거죠. 하지만 첫째로 당신은 그런 것을 믿는 사람이 아니고, 둘째, 지은 죄도 없지 않습니까? 법무부에서 25년간 일한 게 전부 아닙니까.

소린 (웃으며) 28년이지!

트레플료프가 들어와서 소린의 발 옆에 놓인 낮은 의자에 앉는다. 마샤는 잠시도 그에게서 눈을 떼지 않는다.

도른 우리가 트레플료프의 작업을 방해하고 있군요.

트레플료프 아니요, 아닙니다.

사이.

메드베젠코 저어, 의사 선생, 한마디 물어봐도 되겠습니까? 외국에서 어느 도시가 가장 마음에 드셨습니까?

도른 제노바였습니다.

트레플료프 왜 제노바인가요?

도른 그곳 거리는 대단히 복잡해서 볼만하거든. 저녁에 호텔에서 나오면 거리 전체가 사람들로 가득 차 있습니다. 아무런 목적도 없이 군중 속에서 이리저리로 휩쓸려 다니다 보면, 그 모든 이의 인생이 곧 나의 인생인 것만 같고, 심리적으로 하나가 된 듯합니다. 언젠가 당신의 희곡에서 니나 양이 연기한 것과 같은 그 위대한 우주의 영혼이 실제로 가능한 거라고 여기게 됩니다. 그건 그렇고, 니나는 요즘 어디 있나? 어떻게 지내고 있지?

트레플료프 잘 지내고 있겠지요.

도른 남들 말로는 조금 색다르게 살고 있다던데. 어떻게 된 일이지?

트레플료프 의사 선생님, 말하자면 얘기가 좀 길어요.

도른 간략히 줄여서 말해 보게.

사이.

트레플료프 그녀는 집을 나가 트리고린과 살림을 합쳤지요. 그건 아시죠?

도른 압니다.

트레플료프 두 사람 사이에 아이가 하나 있었는데, 얼마 지나지 않아 죽었어요. 곧 트리고린은 그녀에 대한 사랑이 식어 버렸고, 당연하다는 듯이 예전의 연인에게로 돌아갔죠. 누구나 예상할 수 있는 일이지만요. 그는 한 번도 첫 애인을 저버린 적이 없었죠. 우유부단한 성격이라 이리 갔다 저리 갔다 갈팡질팡했던 거지요. 여러 상황으로 판단했을 때, 니나의 개인 생활은 거의 파탄에 이른 것 같습니다.

도른 무대에서는?

트레플료프 그쪽은 더 나쁜 상황인 것 같아요. 니나는 모스크바 교외의 별장 극장에서 데뷔한 이후 지방 공연을 다녔죠. 그때 저는 그녀를 놓치지 않으려고 얼마간 그 뒤를 따라다녔습니다. 비중 있는 배역을 맡기도 했지만, 연기가 거칠고 무미건조했습니다. 목소리에는 지나치게 힘이 들어갔고 연기는 어색하고 부자연스러웠지요. 어쩌다 제법 그럴듯하게 비명을 지르거나 쓰러지기도 했지만, 그건 아주 드문 경우였어요.

도른 어쨌든 그녀에게 연기에 대한 재능이 있다고 보나?

트레플료프 잘 모르겠어요. 아니, 재능이 있다고 믿어요. 저는 그녀를 보았지만, 그쪽에서는 저를 만나려 하지 않았어요. 그녀의 하녀가 저를 숙소 안으로 들여보내지 않았지요. 그 심정이 어떤 것인지 알 것 같아서 저도 그 이상은 고집 피우지 않았어요.

사이.

트레플료프 자, 더 무슨 말을 더 해 드릴까요? 제가 집으로 돌아온 이후,

이따금씩 그녀가 보낸 편지를 받았죠. 지적이고 다정다감하고 재치가 넘치는 편지였어요. 그녀는 한 번도 자신의 처지를 속상해한 적은 없지만 전 그녀가 몹시 불행하다는 걸 느낄 수 있었어요. 편지 한 줄 한 줄마다 괴로움과 병적인 신경질이 느껴졌으니까요. 그녀는 한 가지 이상한 환상을 갖고 있더군요. 서명이 '갈매기'라고 되어 있습니다. 〈루살카〉(푸시킨의 작품)에 나오는 물방앗간 주인이 자신을 '까마귀'라고 부르듯이, 늘 자기가 갈매기라고 되풀이했습니다. 지금 그녀는 이 근처에 머물고 있습니다.

도른 아니, 이곳이라니?

트레플료프 네, 시내에 있는 여인숙에 묵고 있어요. 그런 지 벌써 닷새째지요. 나도 직접 가서 만나고 싶었고 대신 다른 이도 보내 봤지만 아무도 만나 주지 않았습니다. 누군가의 얘기로는, 그녀가 여기서 1마일쯤 떨어진 들판을 배회하고 있는 모습을 보았다더군요.

메드베젠코 네, 제가 만났어요. 시내 쪽으로 걸어가고 있더군요. 저는 인사를 하고, 왜 우리를 찾아오지 않느냐고 물었습니다. 그랬더니 한번 찾아오겠다고 했습니다.

트레플료프 오지 않을 겁니다.

사이.

트레플료프 그녀의 아버지와 계모는 그녀를 외면하고 있어요. 심지어 그녀가 집에 오지 못하게 하려고 감시인까지 두고 영지도 못 들어오게 합니다. (의사와 함께 책상으로 간다.) 의사 선생님. 책 속에서 철학자가 되는 것은 쉽지만, 실제 인생에서 철학자가 되는 것은 정말 어렵습니다.

소린 참으로 매력적인 아가씨였는데. 4등 문관인 이 소린조차 한때 반할 정도였으니까.

도른 늙은 바람둥이로군.

샤므라예프의 웃음소리가 들린다.

폴리나 정거장에서 이제 돌아오시나 봅니다.

트레플료프 네, 어머니 목소리가 들립니다.

아르카지나, 트리고린, 샤므라예프가 들어온다.

샤므라예프 우리는 자연의 법칙 때문에 다들 이렇게 늙고 시들어 가는데, 존경하는 부인께서는 여전히 생기가 넘치십니다……. 화려한 드레스에 싱싱한 모습……. 우아하시군요.

아르카지나 당신은 여전히 빈정거리는군요. 지겨운 사람!

트리고린 (소린에게) 안녕하십니까, 소린 씨! 아니, 왜 이렇게 항상 편찮으신가요? 건강하셔야죠! (마샤를 보고는 반갑게) 잘 지냈어요, 마샤!

마샤 절 알아보시겠어요? (그와 악수를 나눈다.)

트리고린 결혼했나요?

마샤 네, 오래전에요.

트리고린 그래, 이제는 행복하신가요? (도른과 메드베젠코와 인사를 나눈다. 그러고는 머뭇거리며 트레플료프에게 다가간다.) 자네 어머니 말씀으로는, 이미 옛일은 잊었고, 이제는 나에 대한 화도 풀렸다고 들었네.

트레플료프, 그에게 손을 내민다.

아르카지나 (아들에게) 여기 그이가 너의 새로운 소설이 실린 잡지를 가져 오셨단다.

트레플료프 (책을 받으며, 트리고린에게) 감사합니다. 정말 친절하시군요.

모두 앉는다.

트리고린 당신의 열렬한 애독자들이 안부 전해 달라고 하더군요……. 페테르부르크에서도 모스크바에서도 온통 자네에게 관심을 갖고 꼬치꼬치 캐묻더군. 그가 어떤 사람이냐, 나이는 몇 살이냐, 갈색 머리냐 금발이냐 하면서 말이지. 왜 그런지 사람들은 당신이 젊지 않을 거라고 생각들 하더군. 그리고 늘 필명으로만 글을 발표하니까 아무도 당신의 본명을 알지 못해. 마치 '철가면'처럼 당신은 비밀에 싸여 있는 존재가 되었어.

트레플료프 얼마나 머무실 예정인가요?

트리고린 내일 모스크바로 떠날 계획이네. 서둘러 마무리해야 할 중편소설이 하나 있고, 그리고 또 다른 작품 하나를 잡지에 싣기로 약속했거든. 예전처럼 바쁜 건 마찬가지야.

그들이 이야기를 나누는 동안, 아르카지나와 폴리나가 카드용 탁자를 방 가운데로 옮겨 놓고 탁자보를 씌운다. 샤므라예프는 촛불을 밝히고, 의자 몇 개를 가져다 놓는다. 책장에서 숫자 맞추기 카드 상자를 꺼낸다.

트리고린 이번엔 날씨가 별로 좋지 않군. 바람이 지독하군. 내일 아침 바람이 좀 잦아들면 호수에서 낚시를 하려고 하네. 그러면서 정원도 좀 거닐고……. 또 그곳, 기억하나? 자네가 희곡을 공연했던 곳도 둘러보고 말이지. 어떤 모티프를 구상 중인데, 그 무대가 펼쳐졌던 곳을 다시 한 번 보면서 기억을 새롭게 해야 할 필요가 있어서.

마샤 (아버지에게) 아버지, 남편에게 말을 내주세요! 집으로 돌아가야 해요.

샤므라예프 (흉내 낸다.) 말을 내 달라고……. 방금 전에 정거장까지 다녀온 걸 너도 보지 않았냐. 말을 쉬게 해야 해.

마샤 하지만 다른 말도 있잖아요. (대답도 않는 아버지를 뻔히 바라보다 손을 내젓는다.) 괜한 말을 꺼낸 내가 바보지.

메드베젠코 마샤, 나는 걸어서 갈 거요.

폴리나 (한숨을 내쉬며) 걸어가다니, 이런 날씨에……. (카드용 탁자에 앉는다.) 자, 여러분. 시작해 볼까요?

메드베젠코 그래 봐야 6마일밖에 되지 않는걸요. 잘 있어요. (아내의 손에 입 맞춘다.) 안녕히 계십시오, 장모님.

폴리나, 마지못해 손을 내밀어 입 맞추게 한다.

메드베젠코 죄송합니다. 번거롭게 할 생각은 아니었어요. 집에 아기가 있어서……. (모두에게 인사한다.) 안녕히들 계십시오. (잘못이라도 저지른 듯한 걸음걸이로 나간다.)

샤므라예프 걸어서도 얼마든지 갈 수 있어, 장군처럼 꼭 말을 타고 갈 필요는 없다고.

폴리나 (탁자를 두드린다.) 자, 어서들 오세요, 여러분. 시간을 낭비하지 맙시다. 곧 저녁 식사를 할 시간입니다.

샤므라예프, 마샤, 도른이 탁자에 앉는다.

아르카지나 (트리고린에게) 기나긴 가을밤이 찾아오면 여기서는 카드 게임을 한답니다. 보세요. 카드가 낡았지요. 돌아가신 어머니 때부터 썼던 카드랍니다. 우리가 어렸을 때부터 말이죠. 저녁 식사 전까지 함께 해 보시죠. (트리고린과 함께 탁자에 앉는다.) 따분한 게임이지만, 일단 익숙해지면 괜찮아요. (모두에게 세 장씩 카드를 나눠 준다.)

트레플료프 (잡지를 뒤적인다.) 자기 소설은 다 읽었으면서도, 내 작품은 펼쳐 보지도 않았군. (잡지를 책상에 내려놓고는 왼쪽 문으로 향해 간다. 어머니 옆을 지나가다가 그녀의 머리에 키스한다.)

아르카지나 코스챠, 너는?

트레플료프 어쩐지 내키지 않는군요. 산책 좀 하고 올 게요. (나간다.)

아르카지나 10코페이카씩 걸어요. 의사 선생님. 제 것도 대신 내주세요.

도른 네, 알겠습니다.

마샤 다들 거셨어요? 제가 먼저 시작합니다……. 22!

아르카지나 여기 있어요.

마샤 3!

도른 좋았어!

마샤 3인가요? 8! 81! 10!

샤므라예프 좀 천천히 해라.

아르카지나 여러분, 하리코프에서 받은 환영은 대단했답니다. 지금까지도 머리가 빙글빙글 돌 지경이에요!

마샤 34!

무대 밖에서 음울한 왈츠 연주가 들려온다.

아르카지나 대학생한테 열렬한 박수를 받았답니다……. 꽃바구니 세 개와 화환이 두 개 그리고 이것도……. (가슴에서 브로치를 떼서 탁자 위로 던진다.)

샤므라예프 멋지군요!

마샤 50!

도른 꼭 50이어야 하나요?

아르카지나 그때 나는 아주 멋진 드레스를 입고 있었지요. 저는 옷 차려입는 법을 잘 알잖아요.

폴리나 코스챠가 연주하는군요. 우울한가 봐요. 불쌍한 사람.

샤므라예프 신문들마다 아주 악평을 해 대고 있던데요.

마샤 77!

아르카지나 주목을 끌어 보려는 수작이죠.

트리고린 운도 좋지 않아요. 아직 자신의 진정한 목소리를 못 찾은 겁니다. 그의 글은 어딘가 모호하고 때로는 헛소리 같을 때도 있어요. 그의 소설 속엔 현실감이 느껴지는 인물이 없지요.

마샤 11!

아르카지나 (소린을 돌아보면서) 오빠, 따분하세요?

사이.

아르카지나 어머, 잠들었네.

도른 4등 문관께서 주무시네요.

마샤 7! 90!

트리고린 만일 내가 호숫가에 있는 이런 저택에서 살았다면 나는 작가가 되지 않았을 겁니다. 그런 헛된 욕심은 버리고 오로지 낚시나 했을 겁니다.

마샤 28!

트리고린 잉어나 농어를 낚을 때면, 천상에 오른 듯 기쁘죠.

도른 하지만 나는 코스챠를 믿습니다. 그 애에겐 뭔가가 있어요! 그 애는 이미지를 통해 생각합니다. 그래서 그 애의 단편은 그림같이 생생하고 강렬한 느낌을 줍니다. 난 언제나 그 애 작품에서 큰 감동을 얻어요. 단지 안타까운 것은 뚜렷한 주제 의식이 없다는 겁니다. 인상은 잘 만들어 내는데 그 이상은 없어요. 아시다시피 인상만 가지고는 뛰어난 작품이 될 수 없잖습니까. 어쨌든 아르카지나, 아드님이 작가가 되셔서 기쁘시겠습니다.

아르카지나 그런데 전 아직 그 애의 작품을 읽어 본 적이 없답니다. 너무 바빠서.

마샤 26!

트레플료프가 조용히 들어와서 책상으로 가 앉는다.

샤므라예프 (트리고린에게) 트리고린 씨, 집에 당신이 부탁하신 물건이 있습니다.

트리고린 어떤?

샤므라예프 언젠가 트레플료프 씨가 총으로 쏘아 죽인 갈매기를 박제로 만들어 달라고 부탁하셨지요.

트리고린 내가 그랬나요? (좀 더 생각해 본 후) 전혀 기억이 나지 않는군요.

마샤 61! 1!

트레플료프 (창을 열고 귀를 기울인다.) 어두워! 왜 이렇게 마음이 불안한지 모르겠군.

아르카지나 코스챠, 창문을 닫아 줄래, 바람이 불잖아.

트레플료프가 창문을 닫는다.

마샤 88!

트리고린 보세요, 다 맞췄습니다.

아르카지나 (기뻐서) 브라보! 브라보!

샤므라예프 브라보!

아르카지나 이 사람은 언제 어디서나 운이 좋다니까요. (일어선다.) 이제 뭘 좀 먹으러 갑시다. 이 저명하신 분은 오늘 점심도 안 드셨으니까요. 저녁 식사 뒤에 계속하지요. (아들에게) 코스챠, 원고는 놔두고 식사하러 가자.

트레플료프 전 됐어요, 어머니. 배고프지 않아요.

아르카지나 그럼, 그렇게 하렴. (소린을 깨운다.) 오빠, 저녁 드세요! (샤므라예프의 팔짱을 낀다.) 하리코프에서 내가 어떤 환영을 받았는지 말해 드리죠…….

폴리나가 탁자 위의 촛불을 불어 끈다. 도른과 함께 휠체어를 밀고 간다. 모든 사람이 왼쪽 문으로 나가고 무대에는 오직 트레플료프만 남는다.

트레플료프 (쓰려고 하다가 이미 써 놓은 부분을 훑어본다.) 그렇게 새로운 예술 형식을 말했는데, 지금은 점점 매너리즘에 빠져드는 것을 느껴. (읽는다.) "담장 위의 포스터는 말하고 있다……. 검은 머리칼에 감싸인 창백한 얼굴……." 말하고 있다. 감싸고 있는……. 너무 지루하군. (지운다.) 주인공이 빗소리에 잠이 깨는 부분부터 다시 시작해야겠어. 나머지는 모두 버려야지. 달밤 묘사는 너무 길고 멋을 부렸어. 트리고린이라면 자신만의 기법이 있어서 쉽게 쓸 텐데……. 그가 쓴다면, 제방 위에서 깨진 병 조각이 반짝이고 물방앗간 바퀴가 검은 그림자를 드리운데, 이렇게 달밤을 그릴 텐데, 나는 가물거리는 불빛, 별들의 조용한 반짝임, 멀리서 들리는 피아노의 소리, 이런 식이거든. 이건 아니야. 그래, 문제는 낡거나 새로운 형식이냐에 있는 게 아니야. 좋은 작품은 작가가 형식에 구애받지 않고 마음속에서 흘러나오는 것을 얼마나 자유롭게 써 나가는 것에 달려 있어. 점점 그런 확신이 들어.

누군가 책상 가까운 곳 창문을 두드린다.

트레플료프 무슨 소리지? (창문을 내다본다.) 아무것도 보이지 않는데……. (유리문을 열고 정원을 내다본다.) 누군가 층계 아래로 뛰어가는 소리가 들리는데……. (소리친다.) 거기 누구시오?

밖으로 나간다. 테라스 위를 바삐 걷는 발소리가 들린다. 잠시 후 니나와 함께 돌아온다.

트레플료프 오, 니나! 니나!

니나가 그의 가슴에 머리를 묻고 소리 없이 흐느낀다.

트레플료프 (감격에 젖어) 니나! 니나! 당신, 당신이었어. 이런 일이 있으려고 온종일 내 가슴이 아프고 괴로웠나 보군요. (그녀의 모자와 겉옷을 벗긴다.) 오, 내 사랑, 소중한 여인, 당신이 돌아오다니! 울지 말아요, 울지 말아요.

니나 여기 다른 사람 누가 있나요?

트레플료프 아무도 없어.

니나 문을 잠가 주세요. 누가 들어올지도 모르니까요

트레플료프 아무도 들어오지 않을 거요.

니나 당신 어머니가 여기 계시다는 거 알아요. 문을 잠가 주세요.

트레플료프 (오른쪽 문을 잠그고 돌아온다.) 여기는 자물쇠가 없어. 소파로 막아 놓을게. (문 앞에 소파를 가져다 놓는다.) 이제 아무도 들어오지 못할 테니 걱정하지 말아요.

니나 (그의 얼굴을 뚫어지게 들여다본다.) 당신을 보게 해 주세요. (주위를 둘러보면서) 여기는 따뜻하고 아늑하네요. 여기는 예전에 응접실이었는데……. 나, 많이 변했죠?

트레플료프 그래요. 조금 여위고, 눈은 예전보다 더 커졌어. 니나, 지금 당신을 보고 있다는 게 믿기지가 않아. 대체 왜 날 만나 주지 않은 거야? 지금까지 왜 한 번도 오지 않은 거죠? 당신이 이곳에서 지낸 지 일주일 가까이 되었다는 것을 알고 있소. 하루에도 몇 번씩 당신의 숙소로 찾아가서 동냥하는 거지처럼 창문 밑에 서 있곤 했지.

니나 당신이 나를 증오할까 봐 두려웠어요. 매일 밤 꿈속에서 당신이 날 보고도 모른 체하는 꿈을 꾸었어요. 당신은 모르실 거예요. 도착한 날부터 줄곧 이 근처를……. 호수 주변을 돌아다녔어요. 당신 집 근처에도 여러 번 왔었지만, 차마 들어갈 용기가 나지 않더군요. 우리 앉아요.

두 사람, 앉는다.

니나 여기 앉아서, 그동안 못 했던 이야기나 해요. 여긴 따뜻하고 편안하고 좋아요……. 저 바람 소리가 들리세요? 투르게네프의 책에 이런 구절이 있죠. "밤에 자기 집 지붕 아래서 쉴 수 있는 사람은, 따스한 구석 자리에서 쉴 수 있는 이는 평안하다." 하지만 나는 갈매기예요……. 아니, 그게 아니라……. (자신의 이마를 문지른다.) 무슨 말을 했죠? 아, 그래요. 투르게네프……. "또한 하느님께서는 집 없는 방랑자를 도와줄 것이다(투르게네프의 장편소설 《루진》)." (흐느낀다.)

트레플료프 니나, 또 울고 있군. 니나!

니나 괜찮아요. 울었더니 마음이 훨씬 가벼워졌어요. 지난 2년 동안 한 번도 울어 보지 못했거든요. 우리의 무대가 그대로 있는지 보려고 지난밤 이곳에 왔었어요. 여전히 서 있더군요. 그걸 보고서 2년 만에 처음으로 울어 봤어요. 그랬더니 속이 후련한 게 마음도 훨씬 밝아졌어요. 보세요. 이제 울지 않아요. (그의 손을 잡는다.) 그런데 당신은 이제 작가가 됐군요. 당신은 작가, 난 배우……. 우리는 모두 소용돌이 속으로 빠진 거예요. 아침에 눈을 떠 노래하는 어린아이처럼 나는 즐겁게 살았었죠. 당신을 사랑했고, 명성을 꿈꾸었어요. 하지만 지금은 어떤가요? 내일 아침 일찍 엘레츠로 가야 해요. 농부들로 가득 찬…… 삼층 열차를 타고. 엘레츠에서는 제법 교양 있다는 상인들이 달콤한 말로 추근대며 달라붙겠죠. 아, 고달픈 생활!

트레플료프 그곳에는 왜 가는 거지?

니나 겨울 동안 계약이 돼 있어요. 이제 가야 해요.

트레플료프 니나, 나는 당신을 저주하고 미워했소. 당신의 사진이며 편지를 찢어 버렸어. 하지만 그때마다, 내 마음과 영혼이 영원히 당신으로부터 떨어질 수 없다는 것을 깨닫게 되었소. 나는 당신을 사랑하지 않을 수 없어. 니나, 당신을 잃고 작품을 쓰기 시작한 그때부터 내 인생은 견딜 수 없이 괴로웠지. 젊음은 순식간에 끝나 버리고, 이 세상에서 벌써 90년은 산 것 같았소. 난 당신의 이름을 부르며 당신이 지나간 땅에 입을 맞추었지. 어디를 바라봐도, 당신의 얼굴이 있었어. 내 평생 가장 행복했던 시절을 함께했던 당신의 아름다운 미소가…….

니나 (당황하며) 도대체 왜 내게 그런 말을 하는 건가요?

트레플료프 나는 너무나 외로워요. 날 따스하게 감싸 줄 사람이라곤 아무도 없어. 마치 지하 동굴에서 사는 것처럼 추워. 그래서 무엇을 쓰든, 내 글은 모두 메마르고 음울하고 냉담하기만 하지. 여기 남아 있어 줘, 니나, 부탁할게. 아니면 나도 당신과 함께 떠나겠소!

니나, 서두르며 모자와 외투를 입는다.

트레플료프 도대체 왜? 니나, 제발 부탁이야. (니나가 옷 입는 것을 지켜본다.)

사이.

니나 타고 온 마차가 뒷문에서 기다리고 있어요. 나오지 마세요. 혼자 가겠어요……. (눈물을 글썽이며) 물 좀 주시겠어요?

트레플료프 (물을 건네며) 지금 어디로 가는 거죠?

니나 시내로요.

사이.

니나 어머니가 여기에 계시지요?

트레플료프 그래……. 지난 목요일부터 외삼촌 건강이 좋지 않으셔서, 어머니께 전보를 쳐서 오시라고 했어.

니나 내가 지나간 땅에 키스를 했다니 왜 그런 말을 하세요? 차라리 나 같은 건 죽여야겠다고 하세요. (책상에 몸을 기댄다.) 너무나 지쳤어요! 조금 쉬었으면 좋겠어요……. (고개를 든다.) 나는 갈매기예요……. 아니, 그게 아니라 나는 배우예요. (다른 방에서 아르카지나와 트리고린의 웃음소리가 들리자, 문으로 달려가더니 자물쇠 구멍으로 들여다본다.) 그이도 여기 있군요……. (트레플료프 곁으로 돌아와) 그래요. 괜찮아요. 이제 아무렇지도 않은걸요. 그이는 연극을 하찮게 생각했고, 항상 내가 가진 연극에 대한 꿈을 비웃곤 했어요. 그래서 나는 점점 믿음을 잃고 결국 나 자신도 연극을 우습게 보기 시작했어요. 게다가 사랑에 대한 걱정, 아기에 대해 떨칠 수 없는 죄책감……. 결국 나는 더 초라하고 보잘것없는 여자가 되었죠. 연기도 엉망이고……, 손을 어떻게 처리해야 할지 몰라서 무대 위에 서 있는 것조차 힘들었어요. 목소리도 제대로 내지 못했고, 당신은 배우가 스스로 엉망으로 연기를 하고 있다고 느낄 때의 그 기분을 이해하지 못할 거예요. 나는 갈매기예요……. 아니, 그게 아니라……. 당신이 갈매기를 총으로 쏘아 죽였던 것 기억해요? 우연히 한 사내가 한 여자를 심심풀이로 파멸에 이르게 하는……. 단편소설에 쓸 작은 이야깃거리……. 아니, 아니에요. (이마를 문지른다.) 무슨 말을 했더라? 무대 이야기를 하고 있었군요. 이제 난 그렇지 않아요. 이제는 진짜 여배우예요. 나는 연기를 하면서 즐거움과 희열을 느끼고, 무대에 취해서 나 자신이 우월한 존재가 된 기분을 느껴요. 여기에 머무는 동안 걷고 또 걸으면서 생각하고 또 생각했어요. 그러면서 나날이 내 정신이 성장하는 걸 느낄 수 있었어요. 이제 난 알아요, 코스챠, 우리가 하는 일은 모두 마찬가지예요, 당신이 글을 쓰건 내가 무대에서 연극을 하건, 우리에게 중요한 것은 꿈꿨던 빛나는 명예가 아니라 견뎌 내는 능력이에요. 자신에게 주어진 십자가를 짊어지고 견디는 법을 배우고, 또 신념을 가져야 해요. 나는 신념을 가지고 있어서 그렇게 괴롭지 않아요. 나의 사명을 생각할 때면, 나는 인생이 두렵지 않지요.

트레플료프 (슬프게) 당신은 당신의 길을 찾았고, 어디로 가야 할지를 분명히 알게 되었군. 그런데 난 여전히 공상과 환상의 혼돈 속을 헤매며 이 모든 것이 도대체 누구를 위한 것인지, 무엇 때문에 필요한 것인지도 모르고 있어. 그 어떤 것도 믿을 수 없고, 내 소명이 무엇인지도 모르겠어.

니나 (귀를 기울인다.) 쉬! 난 가야 해요. 안녕. 제가 유명한 배우가 되거든 꼭 나를 보러 와 주세요. 약속하는 거죠? 하지만 지금은……. (그의 손을 잡으며) 너무 늦었어요. 난 지금 겨우 서 있는 거예요. 아주 지쳤어요. 배도 고파요.

트레플료프 잠시 여기 있어요. 음식을 가져올 테니까…….

니나 아니, 아니에요. 나오지 말아요. 혼자 가겠어요. 가까운 곳에 마차가 있으니……. 그러니까 당신 어머니가 그이를 데리고 왔나요? 아니, 상관없어요. 트리고린을 보아도 아무 말도 하지 마세요. 난 그이를 사랑해요. 이전보다 훨씬 더 많이 사랑하죠. 단편에 쓸 이야깃거리……. 사랑해요. 그이를 몹시 사랑해요. 미칠 듯이……. 옛날이 좋았어요. 코스챠! 기억해요? 얼마나 즐겁고 밝고 따뜻하고 순수한 생활이었나요! 우리 마음은 피어나는 꽃처럼 부드럽고 달콤한 감정에 빠져 있었죠. 기억하세요? (낭독한다.) "인간도, 사자도, 독수리도, 뿔 달린 사슴도, 거위도, 거미도, 물속에 사는 말 못 하는 물고기도, 불가사리도, 그리고 눈으로 볼 수 없는 미생물도, 한마디로 모든 생명, 모든 생명들은 슬픈 순환을 마치고 사라져 버렸다……. 벌써 수천 세기가 지나면서 지구에는 생명체가 하나도 없이, 가련한 달빛만 헛되이 그 불을 밝히고 있다. 초원은 더는 두루미의 울음소리로 잠을 깨지도 않으며, 5월의 딱정벌레 소리도 보리수 덤불 속에서 들리지 않는다." (갑자기 트레플료프를 포옹하고는 테라스 쪽으로 뛰어나간다.)

트레플료프 (잠시 말이 없다가) 누가 정원에서 니나를 보고 어머니에게 이야기하면 안 되는데, 어머니가 괴로워하실 거야.

몇 분간 아무 말없이 서 있던 그가 원고를 모두 찢어 책상 아래로 던져 버린다. 그리고 오른쪽 문을 열고 나간다.

도른 (왼쪽 문을 열려고 애를 쓴다.) 이상하군. 문이 잠긴 것 같은데…….

(안으로 들어와 소파를 제자리에 가져다 놓는다.) 마치 장애물 경주 같군.

아르카지나, 폴리나가 들어온다. 그 뒤로 술병 몇 개를 든 야코프와 마샤, 샤므라예프와 트리고린이 들어온다.

아르카지나 포도주와 그이가 마실 맥주를 탁자에 내려놓아요. 카드놀이를 하면서 마실 테니까요. 자, 앉으세요, 여러분.

폴리나 (야코프에게) 차도 곧바로 내오게. (촛불을 켜고 카드용 탁자에 앉는다.)

샤므라예프 (트리고린을 책장 쪽으로 데리고 간다.) 이게 아까 말씀드렸던 그 물건입니다. (책장에서 갈매기 박제를 꺼낸다.) 부탁하신 거예요.

트리고린 (갈매기를 들여다보며) 기억나지 않는군요! 전혀 모르겠어요.

무대 뒤 오른쪽에서 총소리가 들린다. 모두 깜짝 놀란다.

아르카지나 (겁에 질려서) 무슨 일이에요?

도른 아무것도 아닙니다. 아무래도 내가 들고 다니는 약통에서 약병 하나가 터졌나 봅니다. 걱정하실 것 없어요. (오른쪽 문으로 나간 후 잠시 뒤 돌아온다.) 짐작했던 대로군요. 에테르가 들어 있던 병이 터졌어요. (노래한다.) "나는 다시 그대 앞에 넋을 잃고 서 있으니……."

아르카지나 (탁자에 앉는다.) 휴우, 깜짝 놀랐어요. 그때 일이 기억나서……. 그때, 그 소리와 비슷해서요. (두 손으로 얼굴을 감싼다.) 눈앞이 캄캄해지더라고요.

도른 (잡지를 넘기며, 트리고린에게) 여기 두 달 전에 실린 미국에서 온

기사에 관해서 물어보고 싶은 게 한 가지 있습니다만……. (트리고린을 무대 앞쪽으로 데리고 나온다.) 그러니까 내가 예전부터 꽤 관심을 가지고 있던 문제라서 말입니다. (목소리를 낮추어 조용히) 아르카지나를 데리고 이곳을 떠나세요. 사실은 방금 트레플료프가 권총으로 자살을 했습니다…….

막이 내린다.

벚꽃 동산

| 등장인물 |

라네프스카야(류보피 안드레예브나) : 여 지주, 애칭 류바

아냐 : 라네프스카야의 딸, 17세

바랴 : 라네프스카야의 수양딸, 24세

가예프(레오니드 안드레예비치) : 라네프스카야의 오빠

로파힌(예르몰라이 알렉세예비치) : 상인

트로피모프(표트르 세르게예비치) : 대학생

피쉬크(보리스 보리소비치 시메오노프) : 지주

샤를로타(이바노브나) : 가정교사

에피호도프(세몬 판텔레예비치) : 사무원

두냐샤 : 하녀

피르스 : 늙은 하인, 87세

야샤 : 젊은 하인

떠돌이

역장

우체국 관리

손님들, 하인들

라네프스카야의 영지에서 일어나는 일이다.

1막

여전히 어린이 방이라 불리는 방. 문 하나는 아냐의 방으로 이어진다. 곧 해가 뜨려는 새벽이다. 5월이라 벚꽃은 피어 있지만 정원은 아직 춥고 서리가 내렸다. 방 안의 창문은 닫혀 있다. 촛불을 든 두냐샤와 책을 든 로파힌 들어온다.

로파힌 다행이도 기차가 이제야 도착했군. 지금 몇 시지?

두냐샤 2시가 다 됐어요. (촛불을 끈다.) 벌써 날이 밝았네요.

로파힌 도대체 기차가 얼마나 늦은 거야? 적어도 두 시간은 될 거야. (하품하고 나서 기지개를 켠다.) 원 참, 나도 이런 바보짓을 하다니! 역까지 마중 나가겠다고 일부러 여기까지 와서는 잠들고 말았어……. 의자에 앉아서 말이야……. 정말이지. 나를 깨웠어야지.

두냐샤 이미 떠나신 줄 알았어요. (귀 기울인다.) 벌써들 오시나 봐요.

로파힌 (귀 기울인다.) 아닌데……. 짐도 찾고 이것저것 하다 보면 시간이 걸릴 테니까. (사이) 라네프스카야가 외국으로 떠난 지 5년이나 되었군. 지금은 어떤 모습일지 모르겠군……. 참 좋은 분인데. 순박하고 솔직하고. 내가 열다섯 살 소년이었을 때가 기억나네. 돌아가신 아버지가 그때 여기 시골에서 작은 가게를 하셨는데, 어느 날 내 얼굴을 주먹으로 때리는 바람에 코피가 났지 뭐야. 그때 술 취한 아버지와 나는 무엇 때문이었는지 이 저택에 왔어. 그러자 라네프스카야가, 그때는 아직 젊고 날씬한 분이셨어. 나를 세면대가 있는 곳으로 데려가셨어. 그래, 바로 이 방, 어린이 방에 있는 세면대로 말이야. 그리고 말했지. "울지 마라, 꼬마 농부야……. 장가가는 데에는 지장이 없을 테니까." (사이)

꼬마 농부……. 사실 내 아버지는 농부였지. 그런데 나는 흰 조끼에 노란 구두까지 신고 있으니, 돼지 목에 진주목걸이를 건 격이지. 지금은 부자들과 어울리고 돈도 많지만, 아무리 생각해 봐도 농부는 결국 농부일 수밖에 없어……. (책장을 넘긴다.) 책을 읽어도 이해가 가지 않아. 읽다가 잠이나 들고 말지.

사이.

두냐샤 개들이 밤새 잠을 자지 않더군요. 아마 주인이 오는 걸 아나 봐요.

로파힌 그런데 넌 꼴이 그게 뭐야, 두냐샤.

두냐샤 손이 떨려요. 금방이라도 쓰러질 것 같아요.

로파힌 두냐샤, 넌 지나치게 예민해. 옷차림이나 머리 모양도 꼭 귀족 아가씨 같구나. 그래서는 안 돼. 분수를 알아야지.

에피호도프가 꽃다발을 들고 들어온다. 그는 신사복을 입고, 걸음을 옮길 때마다 찌익찌익 소리가 나는, 깨끗하게 닦인 장화를 신고 있다. 들어오다가 꽃다발을 떨어뜨린다.

에피호도프 (꽃다발을 집어 들면서) 식당에 꽂아 놓으라고 정원사가 주더군요. (두냐샤에게 꽃다발을 건넨다.)

로파힌 크바스(러시아 전통 음료)를 마시고 싶군.

두냐샤 예. (나간다.)

에피호도프 오늘 아침에는 서리가 내렸습니다. 기온이 영하 3도까지 떨어졌지만, 벚꽃은 활짝 피었지요. 우리 나라의 날씨는 정말 종잡을 수가 없답니다. (한숨을 쉰다.) 아, 정말이지, 이 계절에 이런 날씨가 어울리기나 합니까. 그런데 예르몰라이 알렉세예비치, 한마디만 더 하겠습니다. 사흘 전에 장화를 샀는데, 심하게 찌익 소리가 나서 참을 수가 없을 지경입니다. 무엇을 바르면 나아질까요?

로파힌 나가 보게. 귀찮게 하지 말고.

에피호도프 저에게는 매일 무엇인가 불행한 일이 일어나곤 합니다. 하지만 아무 불평도 하지 않아요. 이제는 익숙해져서 오히려 웃어 버리고 말지요.

두냐샤가 들어와서 로파힌에게 크바스를 준다.

에피호도프 그럼 가 보겠습니다. (의자에 부딪쳐 쓰러진다.) 이렇다니까요. (의기양양하게) 참 안된 일이지만 항상 이렇답니다. 정말 대단하죠! (나간다.)

두냐샤 예르몰라이 알렉세예비치, 에피호도프가 저에게 청혼을 했답니다.

로파힌 음!

두냐샤 어떡해야 할지 모르겠어요. 사람은 온순한데, 이따금씩 무슨 이야기를 시작하면 알아들을 수가 없어요. 그 사람이 싫지는 않아요. 그 사람은 저를 무척 사랑한답니다. 운이 없는 사람이에요. 매일같이 어떤 일이든 벌어진다니까요. 그래서 사람들이 그를 '걸어 다니는 불행'이라고 놀린답니다.

로파힌 (귀를 기울인다.) 이제들 오시나 보군.

두냐샤 오셨다고요! 그런데 왜 이러지……. 몸에 오한이 나는 것 같아요.

로파힌 정말 도착하셨어. 나가 봐야겠어. 부인이 나를 만나면 알아보실까? 5년이나 못 봤는데.

두냐샤 (흥분해서) 쓰러질 것 같아요……. 아, 쓰러지겠어!

두 대의 마차가 집에 도착하는 소리가 들린다. 로파힌과 두냐샤, 무대 밖으로 나간다. 텅 빈 무대. 옆방에서 소란스러운 소리가 들려오기 시작한다. 라네프스카야를 마중 나갔던 피르스가 지팡이를 짚고 바쁘게 무대를 가로질러 간다. 그는 낡은 하인 제복을 입고 차양이 높은 모자를 쓰고 있다. 그리고 뭔가 혼자 중얼거리지만 알아들을 수가 없다. 무대 뒤의 소음이 더 커진다. "이쪽으로 가요." 하는 목소리. 라네프스카야, 아냐, 그리고 샤를로타가 줄에 묶인 개를 데리고 들어온다. 모두 여행복 차림이다. 외투를 입고 스카프를 두른 바랴, 가예프, 피쉬크, 로파힌, 짐 꾸러미와 우산을 든 두냐샤, 짐을 든 하인들이 방을 가로질러 지나간다.

아냐 이쪽으로 와 보세요. 어머니, 기억나세요. 이 방이 어떤 방인지?

라네프스카야 (기쁨에 넘쳐, 눈물을 머금으며) 어린이 방!

바랴 얼마나 추운지 두 손이 다 얼었네. (라네프스카야에게) 어머니 방은 흰색 방도 보라색 방도 모두 그대로 남겨 뒀어요.

라네프스카야 어린이 방, 사랑스러운 어린이 방. 나도 어렸을 때 이 방에서 잠들었지……. (운다.) 지금도 나는 어린애나 다름없어. (오빠 가예프와 바랴, 그리고 다시 가예프에게 입을 맞춘다.) 바랴도 옛날과 그대로구나. 정말로 수녀 같아. 두냐샤도 알아보겠어. (두냐샤에게 입 맞춘다.)

가예프 기차가 두 시간이나 연착하다니. 어떻게 이럴 수가 있나.

샤를로타 (피쉬크에게) 내 개는 호두도 먹는답니다.

피쉬크 (놀라서) 정말인가요!

아냐와 두냐샤만 빼고 모두 나간다.

두냐샤 언제 오시나 무척 기다렸어요……. (아냐의 외투와 모자를 벗긴다.)

아냐 오는 동안 나흘 밤이나 잠을 못 잤어요. 으, 너무 추워요.

두냐샤 떠나실 때는 부활제 전이라 눈도 오고 엄청 추웠죠. 지금은 어떤가요? 귀여운 아가씨! (웃으며 아냐에게 입 맞춘다.) 정말이지 얼마나 기다렸는지 몰라요. 제가 가장 사랑하는 아가씨……. 할 말이 있어요. 지금 꼭 얘기해야 해요.

아냐 (듣고 싶지 않은 듯) 또 무슨 일이야……?

두냐샤 사무원 에피호도프가 부활절 지나고 나서 저한테 청혼을 했답니다.

아냐 너는 항상 똑같은 소리만 하는구나. (머리칼을 쓸어 올리며) 머리핀을 몽땅 잃어버렸어. (너무 지쳐서 비틀거리기까지 한다.)

두냐샤 어떻게 생각해야 좋을지 모르겠어요. 그이는 저를 사랑해요. 정말 사랑한답니다!

아냐 (자신의 방 안을 바라보며, 부드러운 목소리로) 내 방, 창문들, 마치 이곳을 떠난 적이 없었던 것 같아. 그래, 나는 집으로 돌아온 거야! 내일 아침 눈을 뜨면 정원으로 달려 나가야지……. 아, 오늘만은 푹 잘 수 있으면! 여행 내내 제대로 자지 못했어. 너무 불안해서 말이야.

두나샤 사흘 전에 표트르 세르게예비치가 오셨어요.

아냐 (기뻐하며) 페챠가!

두냐샤 욕실에서 지내며 거기서 주무시죠. 사람들을 귀찮게 하고 싶지 않다면서. (주머니에서 시계를 꺼내 보고 나서) 그분을 깨워야 하지만, 바랴 아가씨께서 그러지 말라고 명령하셨어요. "그분을 깨우지 마."라고.

바랴가 들어온다. 허리에 열쇠 꾸러미를 차고 있다.

바랴 두냐샤, 커피를 어서 준비해……. 어머니께서 커피를 달라고 하셔.

두냐샤 잠시만요. (나간다.)

바랴 마침내 돌아왔구나, 네가 다시 집에 왔어. (따뜻하게) 귀엽고 예쁜 내 동생이 돌아왔어!

아냐 그동안 참 힘들었어.

바랴 그랬을 거야!

아냐 여길 떠날 때는 수난주간(부활 주일 전 40일 동안의 기간을 일컫는 사순절의 다섯 번째 주)이라 몹시 추웠지. 샤를로타는 여행 내내 쉬지도 않고 떠들어 댔어. 툭 하면 마술을 보여 준다면서 성가시게 굴지를 않나. 대체 왜 내게 샤를로타를 딸려 보낸 거야?

바랴 너를 혼자 보낼 수는 없었다, 동생아. 너는 이제 겨우 열일곱 살이잖아!

아냐 파리에 도착했는데, 거기도 눈이 내리고 추웠어. 내 프랑스어 실력은 엉망이잖아. 어머니는 5층에서 살고 계셨어. 그리로 가 보니 어머니는 어떤 프랑스 남자들과 귀부인들, 그리고 책을 들고 있는 어떤 늙은 사제와 함께 계시더라고. 방 안은 담배 연기로 자욱하고, 정말 끔찍한 곳이었어. 나는 갑자기 어머니가 불쌍해졌지. 너무나 불쌍해서 어머니의 머리를 두 팔로 끌어안은 채 놓을 수가 없었어. 그러니까 어머니도 나를 어루만지며 우는 거야…….

바랴 (눈물을 글썽이며) 됐어. 그만해.

아냐 망통(이탈리아와의 국경 근방인 지중해 연안에 있는 피한避寒 휴양지) 근처에 있는 별장도 어머니는 이미 팔아 버리고, 남은 것이 아무것도 없잖아. 아무것도 없더라고. 내게도 동전 한 푼 남아 있지 않아서, 우리는 간신히 돌아온 거야. 그런데 어머니는 아무것도 몰라! 역에서 식사를 하는데, 가장 비싼 요리를 주문하고 종업원들에게 1루블씩 팁을 주시는 거야. 샤를로타도 그렇고. 야샤까지도 꽤 비싼 음식을 따로 주문하더라니까. 야샤는 어머니가 데리고 있던 하인이야. 여기로 데리고 왔어.

바랴 나도 봤어. 그 막돼먹은 인간.

아냐 그건 그렇고, 이자는 갚았어?

바랴 아니, 힘들 것 같아.

아냐 어쩌면 좋아, 아아, 하느님.

바랴 8월이면 이 영지도 넘어갈 거야.

아냐 맙소사!

로파힌 (문틈으로 들여다보면서, 소 울음소리를 낸다.) 음매……. (사라진다.)

바랴 (눈물을 보이며) 저 인간을 콱 이렇게 했으면……. (주먹을 휘두른다.)

아냐 (바랴를 껴안으면서 부드럽게) 바랴, 저 사람이 청혼했어? (바랴가 고개를 흔들면서 부정한다.) 언니를 사랑하잖아. 대체 두 사람은 다 결정을 미루고만 있는 거지? 뭘 망설이는 거야?

바랴 우리 사이에는 결국 아무 일도 없을 거야. 나는 그렇게 생각해. 저 사람은 바빠서 나까지 생각할 틈이 없어……. 관심도 없는 것 같고……. 그 사람 알 게 뭐야. 사람들마다 다들 우리가 결혼할 거라고 얘기하면서, 축하한다고 그러지만, 실제로는 아무 일도 없으니, 꿈 같은 얘기일 뿐이야……. (어조를 바꿔서) 꼭 꿀벌처럼 생긴 브로치로구나.

아냐 (우울한 표정으로) 어머니가 사 주셨어. (자신의 방으로 걸어가면서 어린애처럼 명랑하게) 나, 파리에서 날아다니는 기구를 타 봤어!

바랴 귀엽고 예쁜 내 동생이 돌아오다니!

두냐샤는 어느새 커피 주전자를 들고 돌아와, 커피를 끓이고 있다.

바랴 (문 옆에 서서) 아냐, 나는 집안일로 온종일 동분서주하면서도 늘 맘속으론 이런 상상을 하곤 해. 너를 부자한테 시집보내고 나면, 나는 마음 놓고 수녀원에 들어가서 키예프고, 모스크바고, 그렇게 계속 해서 성지 순례를 하는 거야……. 그렇게 걷고 또 걸어서 돌아다닌다면 얼마나 멋질까!

아냐 정원에서 새가 우는 소리가 들려. 지금 몇 시지?

바랴 3시쯤. 이제 자야 해. 아냐. (아냐의 방으로 들어가면서) 얼마나 멋질까!

야샤, 여행용 손가방을 들고 망토를 두른 채 들어온다.

야샤 (무대를 가로질러 다가가, 정중하게) 이리로 지나가도 될까요?

두냐샤 몰라볼 뻔했어요. 당신이시군요. 외국에 다녀오더니 정말 많이 변했네요.

야샤 그런데 당신은 누구지?

두냐샤 여길 떠났을 무렵에 저는 요만 했죠……. (손을 아래로 내려 표시한다.) 표도르 코조예도프의 딸 두냐샤에요. 기억하지 못하시는군요!

야샤 그 어린 새침떼기로군. (주위를 둘러보고 두냐샤를 덥석 끌어안는다. 두냐샤는 비명을 지르며 찻잔 접시를 떨어뜨린다.) 야샤가 재빨리 나간다.

바랴 (문가에서, 불쾌한 목소리로) 무슨 일이야?

두냐샤 (눈물을 글썽이며) 접시를 깨뜨렸어요.

바랴 좋은 징조구나.

아냐 (자기 방에서 나오면서) 어머니한테 말씀드려야 해. 페챠가 여기 있다고.

바랴 내가 그 사람을 깨우지 말라고 일러두었어.

아냐 (생각에 잠겨서) 6년 전이었어. 아버지가 돌아가시고, 한 달 뒤에

남동생 그리샤가 강에 빠져 죽었어. 일곱 살밖에 안 된 착한 아이였는데. 어머니는 그 사실을 견디지 못하고 떠나 버렸던 거야. 뒤도 돌아보지 않고 나가셨어……. (몸을 부르르 떨며) 나도 어머니 심정을 이해해. 어머니가 내 마음을 아실지 모르겠지만! (사이) 페챠 트로피모프는 그리샤의 가정교사였으니, 옛날 일을 기억하겠지.

흰 조끼에 양복을 입고 있는 피르스가 들어온다.

피르스 (커피 주전자 쪽으로 간다. 걱정스런 표정으로) 마님께서 여기서 드시겠다는데……. (흰 장갑을 낀다.) 커피는 준비됐니? (엄한 말투로 두냐샤에게) 크림은 어디 있지?

두냐샤 어머나! (재빨리 나간다.)

피르스 (커피 주전자 옆에서 서성이며) 저런 바보 같으니……. (혼잣말로 중얼거린다.) 파리에서 돌아오셨어……. 언젠가, 주인 나리께서도 파리에 가신 적이 있었지……. 말을 타고……. (웃는다.)

바랴 피르스, 뭐라고 중얼거리고 있어요?

피르스 네? 부르셨나요? (기쁜 얼굴로) 마님께서 돌아오셨어요! 이제는 죽어도 여한이 없겠어. (기뻐서 눈물을 흘린다.)

라네프스카야, 가예프, 로파힌, 피쉬크가 들어온다. 피쉬크는 얇은 천으로 된 재킷과 두툼한 바지를 입고 있다. 가예프, 당구라도 치는 듯이 허리를 굽히고 손을 움직이면서 등장한다.

라네프스카야 그건 어떻게 하는 거지? 기억이 날 것도 같은데 노란 공은 구석으로! 원 쿠션은 가운데로!

가예프 구석으로 몰아서 집어넣어야지! 옛날에는 우리 둘이 이 방에서 함께 잤어. 그런데 내 나이 벌써 쉰한 살이라니, 믿기지가 않아…….

로파힌 그래요. 시간은 계속 흘러가니까요.

가예프 뭐라고?

로파힌 시간은 흐른다고요.

가예프 그런데 이 방에서는 향수 냄새가 나는구나.

아냐 전 이만 자러 갈게요. 안녕히 주무세요, 어머니. (어머니에게 입맞춤을 한다.)

라네프스카야 사랑스런 우리 딸. (아냐의 손에 입맞춤을 한다.) 집에 와서 기쁘니? 나는 아직도 정신을 차릴 수가 없구나.

아냐 안녕히 주무세요, 외삼촌.

가예프 (아냐의 얼굴과 두 손에 입을 맞춘다.) 그래. 그래. 어쩌면 네 어미를 꼭 빼 닮았는지! (누이에게) 류바(라네프스카야의 애칭), 너도 이만할 땐 꼭 이랬단다.

아냐는 로파힌과 피쉬크에게 손을 주고 나서 퇴장하여 자기 방문을 닫는다.

라네프스카야 저 애가 많이 피곤한가 봐요.

피쉬크 긴 여행을 했으니.

바랴 (로파힌과 피쉬크에게) 벌써 3시가 다 됐어요. 이제 그만 잠자리에 드셔야죠.

라네프스카야 (웃는다.) 바랴, 너는 여전하구나. (바랴를 끌어당겨 입을 맞춘다.) 커피만 마시고 다들 일어서자고.

피르스가 그녀의 발밑에 쿠션을 깔아 준다.

라네프스카야 고마워, 피르스. 나는 밤낮으로 커피를 마시는 게 습관이 됐지 뭐야. 정말 고마워, 할아범. (피르스에게 입맞춤한다.)

바랴 짐이 모두 잘 도착했는지 살펴봐야겠어요……. (나간다.)

라네프스카야 여기 앉아 있는 사람이 정말 나일까요? (웃는다.) 벌떡 일어나 손이라도 휘젓고 싶은 심정이에요. (두 손으로 얼굴을 가린다.) 마치 꿈만 같아요! 내가 고향을 얼마나 사랑하는지는 하느님도 아세요. 정말 정말 사랑해요. 기차에서 눈물이 너무 나와 차마 밖을 내다보지도 못할 정도였어요. (눈물을 글썽이며) 그래도 커피를 마셔야지. 고마워, 피르스. 할아범이 아직 살아 있어서 정말로 기뻐.

피르스 그저께였어요.

가예프 피르스는 귀가 어두워져서 잘 듣지 못해.

로파힌 전 이제 가 봐야겠습니다. 유감스럽게도 새벽 5시에 하리코프행 기차로 떠나야 합니다. 부인을 뵙고 싶었습니다만……. 여전히 아름다우시군요.

피쉬크 (무겁게 한숨을 내쉬며) 오히려 더 아름다워지셨지요. 옷차림도 파리 스타일이시고요……. 넋이 나갈 정도예요.

로파힌 여기 당신의 오빠 안드레예비치 씨는 저보고 비천한 구두쇠니 하시지만 그런 건 아무래도 좋습니다. 뭐라고 하시든 상관없어요. 당신만 예전처럼 저를 믿어 주시고, 예전처럼 당신의 그 아름답고 감동스러운 눈으로 보아만 준다면 충분합니다. 인자하신 하느님! 내 아버지는 부인의 할아버님과 아버님의 농노였지만, 당신은, 어린 시절 저에게 많은 것을 배려해 주셨으니, 어찌 잊겠습니까. 부인을 사랑합니다. 가족처럼……. 아니, 가족 그 이상으로.

라네프스카야 도저히 가만히 앉아 있을 수가 없어요. (벌떡 일어나 흥분한 채로 걸어 다닌다.) 이런 기쁨은 처음이야……. 어리석은 여자라고 비웃어도 좋아……. 오, 나의 책장……. (책장에 입을 맞춘다.) 나의 책장.

가예프 네가 없는 동안 유모가 하늘로 떠났단다.

라네프스카야 (다시 자리에 앉아 커피를 마신다.) 네, 편히 잠드시기를……. 편지 받았어요.

가예프 그리고 아나스타샤도 죽었어. 사팔뜨기 페트루쉬카는 우리 집을 떠나, 지금은 시내에 있는 경찰서장 댁에서 살고 있고. (주머니에서 알사탕이 든 작은 상자를 꺼내더니 한 조각을 입에 넣고 빨아먹는다.)

피쉬크 제 딸 다셴카가…… 부인께 안부 인사를 전해 달라더군요…….

로파힌 부인께 뭔가 재미있고 즐거운 얘기를 해 드리고 싶지만 (시계를 본다.) 이제 곧 떠날 시간이라, 그럴 시간이 없군요. 뭐, 짧게 말씀드리겠습니다. 아시다시피 부인의 벚꽃 동산은 부채를 해결하기 위해 팔리게 되었습니다. 8월 22일 경매일입니다. 하지만 부인, 걱정하지 마시고 편안히 주무십시오. 해결할 방법이 있으니까요……. 제 방안은 이렇습니다. 부디 잘 들어 주십시오! 부인의 영지는 도시에서 20킬로미터 거리에 있고, 옆으로는 철로가 지나가고 있습니다. 그러니 만약 벚꽃 동산과 강가 땅을 분할해서 별장 건설 부지로 임대한다면, 1년에 적어도 2만 5천 루블의 수입을 올리실 수 있을 겁니다.

가예프 무슨 말도 안 되는 소리를 하는 거야!

라네프스카야 나도 무슨 말인지 전혀 모르겠군요. 예르몰라이 알렉세예비치.

로파힌 별장을 임대한 이들로부터 1년에 1제샤티나(러시아의 단위, 약 11제곱킬로미터)당 최소 25루블을 받게 되실 겁니다. 지금이라도 당장 광고를 시작하시면, 가을까지 남김없이 모두 임대가 될 것입니다. 한마디로 말해서 모든 문제가 해결되는 셈이지요. 축하드립니다. 물론 그러려면 우선 영지를 깨끗하게 치워야 하겠지요. 이를테면, 아무 쓸모도 없는 이 집을 비롯한 낡은 건물은 철거하고, 시대에 뒤떨어진 벚꽃 동산도 벌목해야겠지요.

라네프스카야 벌목이라뇨? 오, 맙소사. 당신은 아무것도 모르는군요. 이 지방에 뭔가 흥미롭고 멋진 것이 있다면 그건 오직 우리의 벚꽃 동산뿐이라고요.

로파힌 이 벚꽃 동산의 좋은 점 하나는 매우 넓다는 것뿐입니다. 버찌는 2년에 한 번밖에 열리지 않는 데다가 열린다고 해도 팔 곳도 없지 않습니까. 살 사람도 없으니 말이죠.

가예프 이 동산은 백과사전에도 실려 있다고.

로파힌 (시계를 잠깐 보고) 이대로 아무 대책도 없이 8월 22일을 맞이한다면 벚꽃 동산만이 아니라 영지 전체가 경매로 넘어가게 될 겁니다. 어서 결단을 내리십시오. 다른 방법은 없을 거라고 장담할 수 있습니다. 전혀 없습니다.

피르스 옛날에 말이야. 40~50년쯤 전에는 버찌를 말려서 설탕이나 식초에 절이기도 하고, 잼을 만들기도 했지요. 그리고 또요…….

가예프 잠자코 있어, 피르스.

피르스 게다가 말린 버찌를 마차에 싣고 모스크바나 하리코프로 나가곤 했지요. 돈도 많이 벌었어요. 그때 말린 버찌는 정말 부드럽고 달콤한 데다가 향기도 참 좋았거든요. 그때는 그렇게 만드는 방법을 알고들 있었는데…….

라네프스카야 그 비결이 뭔데요?

피르스 잊어버렸어요. 이제 아무도 기억하는 사람이 없습니다.

피쉬크 (라네프스카야에게) 파리에서는 어땠습니까? 개구리 요리를 드셔 보셨나요?

라네프스카야 악어를 먹어 봤어요.

피쉬크 아이쿠, 어떻게…….

로파힌 지금까지 시골에는 지주와 농부만 있었지만, 이제는 별장 거주자들이 생겨났습니다. 이제는 아무리 작은 도시라도 모두 변두리에 별장이 있습니다. 대략 20년 뒤에는 별장 거주자의 숫자가 엄청나게 늘어날 겁니다. 별장 거주자들은 지금은 발코니에서 차나 마시고 있지만, 머지않아 자기네 땅에다가 농작물을 기르기 시작할 테지요. 그렇게 되면 부인의 벚꽃 동산은 행복을 가져다주고 또 풍요롭고 화려한 낙원이 될 겁니다.

가예프 (몹시 분해하며) 무슨 실없는 소리!

바랴와 야샤가 들어온다.

바랴 어머니 앞으로 전보 두 장이 와 있어요. (열쇠를 꺼내 철커덕거리는 소리를 내며 낡은 책장을 연다.) 여기에 있어요.

라네프스카야 파리에서 온 거야. (읽지 않고 찢어 버린다.) 파리하고는 이제 끝이야!

가예프 류바. 이 책장이 얼마나 오래되었는지 아니? 일주일 전에 맨 아래 서랍을 열다 보니까 거기 날짜가 새겨 있더구나. 이 책장은 정확히 100년 전에 만들어진 거야. 어때? 응? 기념제라도 열어 줘야 하지 않겠니? 생명이 없는 물건이라지만 그래도 책을 넣어 두는 훌륭한 장이니.

피쉬크 (놀라면서) 100년……. 대단하군.

가예프 암……. 그렇고말고. 물론 사물에 불과하지만……. (책장을 어루만진다.) 귀중하고 존경스러운 책장이여! 너의 존재를 환영하노라. 너는 100년이 넘게 선과 정의의 밝은 이상을 향해 매진해 왔구나. 유익을 향한 너의 말이 없는 호소는 100년이 흘러도 변함이 없었고, (눈물이 맺힌다.) 우리 세대에 더 나은 미래에 대한 믿음을 심어 주었으며 선과 사회 공동체의 이념을 우리에게 가르쳐 주었도다.

사이.

로파힌 예……, 옳은 말씀이에요.

라네프스카야 참, 여전하시군요. 오라버니.

가예프 (다소 부끄러운 듯이) 그 공은 오른쪽 구석으로! 가운데로 몰아쳐야지!

로파힌 (시계를 보며) 전 이제 그만 가 봐야겠네요.

야샤 (라네프스카야에게 알약을 준다.) 약 드실 시간입니다.

피쉬크 이런 걸 무엇하러 드십니까……. 다 필요 없는 짓입니다. 이리 주십시오, 부인. (약을 받아 손바닥에 올리더니, 입으로 후후 불고는 입에 넣고 크바스와 함께 삼켜 버린다.) 자, 됐지요!

라네프스카야 (놀라서) 아니, 제정신이 아니군요!

피쉬크 제가 다 삼켜 버렸습니다.

로파힌 저런 돼지.

모두가 웃는다.

피르스 그 사람들이 부활절에 오셔서 오이절임을 반통이나 먹어 버렸습죠……. (중얼거린다.)

라네프스카야 할아범은 뭐라고 중얼거리는 거야?

바랴 벌써 3년째 저렇게 중얼거리는 걸요. 우리는 이미 익숙해졌어요.

야샤 노망기가 보여요.

깡마른 샤를로타가 무대를 지나간다. 몸에 꽉 조이는 하얀색 옷을 입고 있으며, 허리에는 오페라 글라스를 걸고 있다.

로파힌 미안합니다, 샤를로타 이바노브나. 당신과는 아직 인사를 나누지도 못했군요. (그녀의 손에 입을 맞추려고 한다.)

샤를로타 (손을 감추며) 손에 입 맞추는 걸 허락했다가는 다음에는 팔꿈치를, 그다음에는 어깨를 내어 달라고 할걸요.

로파힌 거참, 오늘은 운이 없군요.

모두가 웃는다.

로파힌 샤를로타 이바노브나, 마술이나 한번 보여 주세요!

라네프스카야 그래, 샤를로타, 한번 보여 줘요!

샤를로타 안 됩니다. 이만 자러 가야겠어요. (나간다.)

로파힌 그럼 3주 뒤에 뵙겠습니다. (라네프스카야의 손에 입을 맞춘다.) 그

때까지 안녕히 계십시오. 전 이만 가 보겠습니다. (가예프에게) 그럼 또 뵙지요. (피쉬크와 키스한다.) 안녕히 계세요. (바랴와 악수를 하고 나서, 피르스와 야샤에게 손을 내민다.) 떠나고 싶지 않군요. (라네프스카야에게) 별장에 대해 잘 생각해 보시고 결심이 서시면 연락을 주십시오. 5만 루블쯤은 마련해 볼 수 있습니다. 신중히 생각하세요.

바랴 (화를 내면서) 이제 그만 좀 가 보세요!

로파힌 예, 갑니다, 가요……. (나간다.)

가예프 천한 사람 같으니. 아니, 미안하구나. 바랴는 저 친구한테 시집 갈 거니까, 바랴의 남편이 될 사람인데.

바랴 쓸데없는 소리 하지 마세요, 외삼촌.

라네프스카야 왜 그러니, 바랴……. 나라면 무척 기쁠 것 같은데 말이야. 그는 좋은 사람이잖니.

피쉬크 솔직히 말해서 확실히 괜찮은 사람이지……. 내 딸 다셴카도……. 같은 말을 하던데……. 이런저런 칭찬을 하면서……. (코를 골다가 곧 깨어나서는) 어쨌거나 부인, 제게 돈을 좀 빌려 주실 수 있을까요? 240루블만이요. 내일 저당물에 대한 이자를 내야 해서…….

바랴 (놀라면서) 없어요! 그런 돈이 어디 있어요!

라네프스카야 정말이에요. 나는 정말 빈털터리랍니다.

피쉬크 잘 찾아보세요. (웃는다.) 저는 한 번도 희망을 버려 본 적이 없지요. 지난번에도 완전히 끝장이 났구나 하던 참에 우리 땅으로 철도가 지나가서……. 보상금을 받았단 말입니다. 그러니 두고 보세요. 오늘이나 내일쯤 또 무슨 일이 생겨날 겁니다. 다셴카가 20만 루블짜리 복권에 당첨될지도 모르지요. 그 애에게는 복권이 한 장 있거든요.

라네프스카야 커피도 다 마셨고, 이제 자러 가야겠네요.

피르스 (솔로 가예프의 바지에 묻은 먼지를 털면서, 훈계하듯) 또 다른 바지를 잘못 입으셨군요. 어찌해야 할지 모르겠습니다!

바랴 (조용하게) 아냐가 자고 있어요. (조용히 창문을 연다.) 벌써 해가 떠서 춥지는 않네요. 보세요, 어머니. 나무가 정말 아름다워요! 아, 이 공기! 정말 상쾌해요! 찌르레기가 울고 있어요!

가예프 (다른 창문을 연다.) 동산이 온통 하얗구나. 류바? 생각나니? 이 가로수길이 마치 허리띠를 펼쳐 놓은 것처럼 길게 뻗어 있어 달밤에 반짝이던 모습을 말이다. 설마 잊지는 않았겠지?

라네프스카야 (창을 통해 동산을 바라보며) 오, 순수했던 어린 시절! 그 시절엔 이 어린이 방에서 잠을 자며 또 여기서 벚꽃 동산을 내다보았지요. 아침이면 행복에 가득 차서 잠에서 깨곤 했어요. 그때도 동산은 지금과 마찬가지였어요. 조금도 변하지 않았어. (기뻐서 아주 환하게 웃는다.) 정말, 온 세상이 하얘! 오, 나의 벚꽃 동산! 음산한 가을과 추운 겨울을 겪고도 너는 다시 젊어지고 넘치는 행복으로 빛나는구나. 하늘의 천사들도 너를 저버리지 않을 거야……. 아, 내 어깨와 가슴을 짓누르는 이 무거운 돌을 치워 버릴 수만 있다면……. 아, 내 과거를 잊을 수만 있다면!

가예프 빚 때문에 이 동산을 팔아야 하다니, 정말 이상한 일이야.

라네프스카야 저기를 좀 봐요. 돌아가신 어머니가 동산을 걸어 다니고 있어요. 하얀 옷을 입고! (기쁨에 겨워) 어머니예요.

가예프 어디 말이냐?

바랴 어머니, 진정하세요.

라네프스카야 아무도 없구나. 그렇게 보였는데. 오른쪽 정자로 가는 모퉁이에 기울어진 흰 나무, 그게 꼭 여자 모습 같아.

낡은 대학생 제복을 입고, 안경을 낀 트로피모프가 들어온다.

라네프스카야 정말 아름다운 동산이야! 눈부신 흰 꽃들과 푸른 하늘!
트로피모프 라네프스카야!

그녀가 그를 돌아본다.

트로피모프 잠시 인사만 드리고 가겠습니다. (손에 열렬히 입을 맞춘다.) 아침까지 기다리라는 말을 들었지만, 도저히 기다릴 수가 없어서요.

라네프스카야, 어리둥절하여 그를 바라본다.

바랴 (눈물을 보이며) 페챠 트로피모프예요.
트로피모프 이전에 그리샤의 가정교사였던 페챠 트로피모프입니다. 저를 몰라보시겠습니까?

라네프스카야가 그를 끌어안으며 조용히 운다.

가예프 (당황하면서) 그만, 이제 그만하렴, 류바.
바랴 (울면서) 그래서, 페챠, 내일 아침까지 기다리라고 말했잖아요.
라네프스카야 그리샤……. 내 아가……. 그리샤……. 내 아들…….
바랴 어머니, 어쩔 수 없는 일이에요, 하느님의 뜻인걸요.
트로피모프 (부드럽게, 눈물을 글썽이며) 이제 진정하시죠.
라네프스카야 (여전히 울면서) 내 아들이 죽었어. 물에 빠져서……. 대체 왜? 어째서 이런 일이 생겼을까요, (작은 목소리로) 저기서 아냐가 자고 있는데, 내 목소리가 너무 컸지요. 이렇게 시끄럽게 굴다니……. 그런데 페챠, 왜 이리 얼굴이 상했어요? 이렇게 추레하게 늙어 버리다니…….

트로피모프 오는 기차 안에서 어떤 노파가 저를 보고 대머리 양반이라고 부르더군요.

라네프스카야 그때만 해도 당신은 소년티도 채 가시지 않은 어린 대학생이었는데, 지금은 머리도 많이 빠지고, 안경까지. 그런데 아직도 대학생인가요? (문 쪽으로 간다.)

트로피모프 아마도 전 항상 대학생일 겁니다.

라네프스카야 (오빠에게, 이어서 바랴에게 키스한다.) 자, 가서들 자요. 오빠도 이제 늙으셨네요.

피쉬크 (그녀의 뒤를 따라간다.) 맞습니다. 이제 잘 때가 됐지요. 아아, 이놈의 관절염 때문에 저는 댁에서 신세를 지겠습니다. 라네프스카야, 그런데 내일 아침에 제게……. 240루블만…….

가예프 또 그 소리군.

피쉬크 저당물에 대한 이자……. 240루블을 갚아야 하거든요.

라네프스카야 나에겐 돈이 없답니다.

피쉬크 꼭 갚겠습니다, 별로 큰돈도 아니잖습니까.

라네프스카야 어쩔 수 없군요. 레오니드 오빠가 줄 거예요……. 오빠가 내줘요.

가예프 그래, 그래, 줄 테니까 기다리고 있어.

라네프스카야 어쩌겠어요. 필요하다니까 빌려 주세요. 곧 갚는다고 하잖아요.

라네프스카야, 트로피모프, 피쉬크, 피르스가 나간다. 가예프와 바랴, 야샤는 남는다.

가예프 내 동생은 아직도 돈을 헤프게 쓰는 버릇을 고치지 못했군. (야샤에게) 저리 좀 비켜. 네놈한테서 닭 냄새가 난단 말이야.

야샤 (비웃듯) 레오니드 안드레예비치 나리, 예전 그대로시군요.

가예프 뭐라고? (바랴에게) 저놈이 뭐라고 하는 거야?

바랴 (야샤에게) 네 어머니가 시골에서 찾아오셔서 어제부터 하인 방에서 지내고 있어. 널 만나려고…….

야샤 제기랄, 그냥 내버려 두세요.

바랴 저런, 부끄럽지도 않니!

야샤 정말 귀찮게 구는군. 오려면 내일이나 올 것이지. (나간다.)

바랴 어머니는 예전 그대로세요. 조금도 변하지 않으셨어요. 어머니를 그대로 두었다간, 아무것도 남아나지 못할 거예요.

가예프 그래…….

사이.

가예프 어떤 질병에 대해서 사람들이 제시하는 치료법이 수십 가지가 된다는 건, 그 병이 불치병이라는 걸 의미하지. 나는 아주 많은 방법을 생각해 냈지만 어찌할 도리가 없구나. 어떤 사람에게 유산을 상속받으면 좋겠다거나, 우리 아냐를 돈 많은 사람한테 시집보낸다거나, 야로슬라블에 계시는 백작 부인이신 숙모님에게 행운을 기대해 본다거나 하는……, 숙모님은 굉장한 부자시거든.

바랴 (운다.) 하느님이 도와주신다면.

가예프 울지 마라. 숙모님은 대단한 부자지만 우릴 좋아하지 않으신단다. 무엇보다 동생이 귀족이 아닌 변호사와 결혼했다는 사실 때문이지.

아냐가 문틈에서 나타난다.

가예프 귀족과 결혼하지 않은 데다가 몸가짐도 그다지 단정한 편은 못 되었으니 말이야. 물론 동생은 아름답고 선량하고 훌륭한 여자야. 그렇지만 아무리 그렇게 보이려고 해도 행실이 좋다고는 할 수 없지. 그건 아주 사소한 행동에서도 느껴져.

바랴 (속삭인다.) 아냐가 문가에 와 있어요.

가예프 뭐라고?

사이.

가예프 이런, 오른쪽 눈에 뭐가 들어갔는지 잘 보이질 않는구나……. 지난 목요일에 지방재판소에 갔을 때…….

아냐가 들어온다.

바랴 아니, 왜 자지 않고 나왔어, 아냐?

아냐 잘 수가 없어. 잠이 오지 않아.

가예프 나의 귀염둥이. (아냐의 얼굴과 두 손에 입을 맞춘다.) 사랑하는 내 아이. (눈물을 글썽이며) 넌 내 조카가 아니라, 나의 천사고 내 전부란다. 나만 믿어라. 믿어 줘.

아냐 외삼촌을 믿어요. 모두가 외삼촌을 사랑하고 존경해요. 그렇지만 외삼촌, 말씀을 좀 삼가세요. 조금 전에도 제 어머니에 대해서, 외삼촌의 동생에 대해서 뭐라고 하신 거죠? 뭐하러 그런 말씀을 하시는 거예요?

가예프 그래, 그래……. (아냐의 손으로 자신의 얼굴을 감싼다.) 정말 한심한 일이다! 아, 하느님, 맙소사! 오늘만 해도 나는 책장 앞에서 연설을 했어……. 어리석게도 말이야! 그 말을 뱉고 나서야 내가 또 어리석은 짓을 했다는 걸 알았단다.

바랴 그래요, 외삼촌. 외삼촌은 그냥 가만히 계시는 게 좋겠어요. 그저 가만히 계시면 되는 거예요.

아냐 조용히 계시면 외삼촌도 더 편안해지실 거예요.

가예프 그러마. (아냐와 바랴의 손에 입을 맞춘다.) 잠자코 있으마. 하지만 이건 말해야겠다. 지난 목요일에 지방재판소에 갔는데, 친구들을 만나 이런저런 얘기를 하게 됐지 뭐냐. 그런데 어쩌면 어음을 빌려서 은행 이자를 갚을 수도 있을 것 같구나.

바랴 제발 하느님이 도와 주셨으면!

가예프 화요일에 가서 다시 한 번 말을 해 보겠다. (바랴에게) 울지 마라. (아냐에게) 네 엄마가 로파힌에게 부탁을 해 볼 게다. 물론 그 친구는 네 엄마를 거절하지 못할 거야. 너는 좀 쉬고 나서 야로슬라블에 사시는 네 할머니, 백작 부인께 다녀오너라. 이렇게 세 가지 방법으로 움직이면, 일이 다 잘 풀릴 거다. 틀림없이 이자를 갚을 수 있을 거야. 분명히……. (알사탕을 입에 넣는다.) 원한다면 내 명예를 걸고 맹세하마! 내 모든 것을 걸고 맹세할 수 있어! 영지는 절대로 팔리지 않을 게다. (흥분하면서) 내 행복을 걸고 맹세하마! 자, 내 약속할 수 있어. 이 집이 경매에 넘어가도록 내버려 둔다면 나는 시시하고 몰염치한 놈이다! 내 모든 것을 걸고 이렇게 맹세하마!

아냐 (안심하며, 행복한 표정으로) 외삼촌은 정말 현명한 분이세요! (외삼촌을 껴안는다.) 이제야 안심이 되네요! 다행이야! 다 잘 될 거예요!

피르스가 들어온다.

피르스 (나무라듯) 레오니드 안드레예비치, 지금 뭐하고 계시는 겁니까! 도대체 언제 주무실 겁니까?

가예프 알았어, 이제 잘 걸세, 자네도 가서 자게. 나 혼자 옷을 갈아입을 테니까. 얘들아, 안녕. 자세한 건 내일 이야기하고 지금은 가서 자거라. (아냐와 바랴에게 입을 맞춘다.) 나는 80년대 사람이다. 남들은 그 시대를 안 좋게 말하지만, 적어도 나는 신념을 지키기 위해 상당히 애쓰고 있다고. 그래서 농부들이 나를 따르는 거지. 농부들은 알아야 해! 알아야 하는데…….

아냐 외삼촌, 또!

바랴 외삼촌, 그만하세요.

피르스 (화를 내면서) 레오니드 안드레예비치!

가예프 알았어. 알았다니까……. 너희도 이제 쉬거라. 양 옆에서 가운데로! 깨끗하게 넣어야지……. (나간다. 그의 뒤를 피르스가 종종걸음으로 나간다.)

아냐 이제 안심이야. 나는 할머니를 좋아하지 않으니 야로슬라블에는 가기 싫어. 여하튼 마음이 놓여. 다 외삼촌 덕분이야. (앉는다.)

바랴 그만 자야 해. 나도 자러 가야겠어. 참, 네가 집을 떠나 있는 동안에 기분 나쁜 일이 있었단다. 오래된 하인 방에는 나이 든 하인들만 살고 있잖아. 예피미유쉬카, 폴랴, 예브스티그네이, 그리고 카르프 말이야. 그런데 그들이 사기꾼 같은 사람들을 데려다 재우기 시작한 거야. 나는 잠자코 있었지. 그런데 내가 그들에게 콩만 먹인다는 소문이 퍼지는 거야. 나보고 인색해서 그렇다나……. 모두 다 예브스티그네이가 꾸며 낸 얘기였어. '그래서, 좋아, 어디 두고 보자.' 하고 생각하고는 그를 불렀어. (하품을 한다.) 그가 오자 내가 말했지, "도대체, 이 어리석은 늙은이……." (아냐를 보고는) 아니츠카!

사이.

바랴 잠들었네……. (아냐의 팔을 잡는다.) 자, 침대로 가자. 가자……. (아냐를 데리고 나간다.) 우리 귀염둥이가 잠들었어! 자, 어서 가자…….

두 사람, 걸어 나간다. 멀리 동산 너머에서 목동이 부는 피리 소리가 들린다. 트로피모프가 무대를 가로질러 가다가 바랴와 아냐를 보고 멈춰 선다.

바랴 쉿……. 이제 겨우 잠들었어요. 자고 있어요. 가자, 아냐.

아냐 (잠에 취한 목소리로) 정말 피곤해. 사방에서 종소리가 들려와……. 외삼촌은……. 좋은 분이야……. 엄마도, 외삼촌도…….

바랴 가자, 아냐, 어서 가자. (아냐의 방으로 간다.)

트로피모프 (감동에 젖어) 나의 태양! 나의 봄이여!

막이 내린다.

2막

들판. 오랫동안 방치되었다. 낡고 기울어진 예배당. 그 옆에 우물, 낡은 벤치, 묘비로 짐작되는 큰 돌이 있다. 가예프의 영지로 가는 길이 보인다. 길가 한쪽으로 어두운 빛깔의 포플러나무들이 보이고, 그 뒤쪽에서부터 벚꽃 동산이 시작된다. 멀리 전신주들이 줄지어 서 있고, 그 너머 아득한 지평 위로 어렴풋이 대도시가 보인다. 해가 곧 지려고 한다. 샤를로타, 야샤, 두냐샤가 벤치에 앉아 있다. 에피호도프는 그 옆에서 기타를 연주하고 있다. 모두 깊은 생각에 잠겨 있다. 챙 달린 낡은 모자를 쓴 샤를로타는 어깨에서 라이플총을 내려 멜빵 걸쇠를 고치고 있다.

샤를로타 (생각에 잠겨) 나는 정식 신분증이 없어서 나이도 모르지만, 내가 젊다고 생각해. 내가 어린 소녀였을 때, 부모님은 장터를 떠돌며 기막힌 공연을 벌였지. 나도 공중제비를 돌거나 여러 가지 재주를 부리곤 했어. 그런데 아버지와 어머니가 돌아가시고 나서, 어떤 독일인 부인이 날 거두어서 공부시켰지. 그렇게 자라서 가정교사가 됐지. 하지만 난 내가 어디 출신인지, 부모가 어떤 사람이었는지 몰라. 아마 정식으로 혼인한 부부가 아니었을지도……. (주머니에서 오이를 꺼내서 먹는다.) 난 아는 게 아무것도 없어. (사이) 하고 싶은 얘기는 많지만, 들어줄 사람이 아무도 없어……. 내게는 아무도 없어.

에피호도프 (기타를 치면서 노래한다.) "소란스러운 세상에 동지나 원수가 무슨 의미 있으랴……." 만돌린 연주는 정말 즐거워!

두냐샤 그건 기타지 만돌린이 아니에요. (거울을 보며 분을 바른다.)

에피호도프 사랑에 눈먼 이에게는 만돌린이지……. (노래한다.) "서로 사랑하는 열기로 가슴이 뜨거워진다면(1890년에 유행하던 러시아 가요)……."

야샤, 따라 부른다.

샤를로타 어휴, 못 들어 주겠군. 꼭 들개가 짖는 소리 같아.

두냐샤 (야샤에게) 어쨌든 외국에서 살면 얼마나 근사할까요.

야샤 그야 물론이지. 절대 아니라고는 못하지. (하품을 하면서 시가에 불을 붙인다.)

에피호도프 당연하죠. 외국에는 모든 게 이미 오래전부터 다 세련되게 갖춰져 있으니까.

야샤 물론이죠.

에피호도프 나는 지식인이고 여러 가지 훌륭한 책들을 읽었지만, 내 자신이 뭘 원하고 있는지, 어떻게 살아야 하는지 알 수가 없단 말이야. 자살이라도 해야 하는 건가? 그래서 난 항상 권총을 지니고 다니지. 자, 보시오……. (권총을 보여 준다.)

샤를로타 다 됐어. 난 이제 그만하고 가겠어. (총을 멘다.) 에피호도프, 당신은 영리하고 무서운 사람이야. 여자들이 당신을 미친 듯이 좋아하지 않을 수 없을걸. 아아! 소름 끼쳐. (걷는다.) 똑똑해 보이는 인간들은 알고 보면 다 바보들이야. 이야기를 나눌 사람이 있어야지. 결국 나 혼자일 뿐이야. 외톨이……. 나는 누구일까, 대체 왜 사는 걸까? 알 수 없는 일이야. (천천히 걸어서 나간다.)

에피호도프 사실, 다른 건 둘째 치더라도 솔직히 작은 배 같은 나에게 운명은 희롱하는 폭풍우과도 같다고 말하지 않을 수 없어. 오늘 아침에도 깨어나 보니, 내 가슴 위에 무시무시하게 커다란 거미가 올라와 있지 않겠어……. 이만한. (두 손으로 크기를 나타내 보인다.) 모든 일이 이런 식이야. 크바스라도 마시려고 하면 꼭 컵에 바퀴벌레같이 혐오스러운 게 들어가 있단 말이지. (사이) 당신은 버클리(영국의 역사가, 사회학자)를 읽어 보셨나?

사이.

에피호도프 두냐샤 양, 당신에게 할 말이 있소.

두냐샤 말씀하세요.

에피호도프 단둘이서만 이야기했으면 좋겠는데……. (한숨을 쉰다.)

두냐샤 (당황스러워하며) 좋아요. 하지만 먼저 제 외투를 좀 가져다주시겠어요……. 여긴 습기가 좀 있어서…….

에피호도프 좋습니다……. 그러지요……. 이 권총을 어떻게 해야 할지 이제야 알 것 같군……. (기타 연주를 하며 퇴장한다.)

야샤 마치 걸어 다니는 불행같다니까, 우리끼리 하는 얘기지만. (하품을 한다.)

두냐샤 권총 자살 같은 건 하지 말아야 하는데……. (사이) 요즘은 불안하고 걱정이 많아요. 아주 어릴 적부터 이 집에 하녀로 들어와 쭉 지냈기 때문에, 이제는 거친 일은 할 수 없어요. 귀족 아가씨처럼 하얘진 이 손을 보세요. 부드럽고 섬세하고 고상해져서, 항상 겁이 나요. 무서워요. 어렸을 때 하녀로 들어와 쭉 저택에서 살아왔기 때문에, 이제는 평범한 서민 생활을 모조리 잊어버렸어요. 보세요. 손이 이렇게나 희잖아요. 꼭 귀족 아가씨 같죠. 부드럽고, 섬세하고, 품위 있는 여자가 되어서 무슨 일만 생기면 겁이 나요. 정말로 무서워요. 그러니 야샤, 당신이 저를 속인다면 제 신경이 어떻게 될지 몰라요.

야샤 (그녀에게 입 맞춘다.) 귀여운 것! 그럼, 모름지기 처녀는 자기 주제를 알아야 해. 나는 행실이 나쁜 처녀는 결코 좋아하지 않거든.

두냐샤 당신을 열렬히 사랑해요. 당신은 교양도 있고 무엇이든 다 알고 있으니까요.

사이.

야샤 (하품한다.) 뭐, 그야 그렇지……. 그런데 내 생각은 이래. 처녀가 어떤 사내와 사랑에 빠졌다면, 그건 행실이 바르지 못하다는 증거지. (사이) 이렇게 맑은 공기 속에서 피우는 시가는 역시 맛이 좋아. (귀를 기울인다.) 누가 이리로 오는군……. 주인 나리들인가…….

두냐샤가 갑자기 그를 끌어안는다.

야샤 집으로 돌아가. 강에서 목욕이라도 하고 돌아가는 사람처럼 이 길을 따라가도록 해. 행여 저들과 마주치기라도 하면 우리가 밀회라도 즐긴 것처럼 여길 테니까. 그런 건 딱 싫다고.

두냐샤 (마른기침을 한다.) 시가 때문에 머리가 아파요……. (나간다.) 야샤는 그대로 남아 예배당에 앉아 있다. 라네프스카야, 가예프, 로파힌이 들어온다.

로파힌 자, 이제 결심해야 합니다. 시간은 기다려 주지 않아요. 문제는 간단합니다. 이 땅을 별장지로 내놓으실 겁니까, 아닙니까? 그것만 대답하세요. 그렇게 하겠다, 아니다, 딱 한마디만 하시면 됩니다.

라네프스카야 도대체 누가 여기서 메스꺼울 정도로 시가를 피웠담……. (자리에 앉는다.)

가예프 철도가 생긴 뒤로 교통이 편해졌어. (걸터앉는다.) 시내로 나가서 식사를 하고 돌아올 수도 있고……. 빨간 공을 가운데로! 집에 가서 한 게임 하고 싶군…….

라네프스카야 서두르지 마세요.

로파힌 한마디만 해 주세요. (간청하듯이) 대답해 주시죠!

가예프 (하품하면서) 뭐라고?

라네프스카야 (자신의 지갑을 들여다보며) 어제는 꽤 돈이 들어 있었는데, 이제는 얼마 남지 않았어. 가련한 바랴는 절약한다고 우리에게 우유 수프만 내놓고 부엌에선 늙은 하인에게 콩만 준다는데, 나는 이렇게 생각 없이 돈을 낭비하고 있군요. (지갑을 떨어뜨리는 바람에 금화가 흩어진다.) 저런, 이를 어째……. (짜증나는 표정을 짓는다.)

야샤 제가 주워 드리겠습니다. (금화를 줍는다.)

라네프스카야 그렇게 해 주겠어? 고마워, 야샤. 나는 대체 뭐하러 식사하러 시내까지 나갔을까……. 음악을 연주한다는 그 식당은 끔찍하게 더러운 데다가 식탁보에서는 비누 냄새가 나더라니까. 오빠는 왜 그렇게 술을 많이 마셔요? 게다가 먹기도 엄청나게 먹고, 필요 없는 소리를 엄청나게 늘어놓더군. 70년대가 어쩌느니, 데카당이 어쩌느니 하고, 그리고 누구한테 얘기한 줄 알아요? 글쎄, 시중드는 사람들을 붙잡고 데카당에 대해 이야기하다니!

로파힌 그렇습니다.

가예프 (손을 내젓는다.) 나는 아무래도 어쩔 수 없나 봐……. (야샤를 향해 신경질적으로) 넌 왜 항상 내 눈앞에서 얼쩡거리냐…….

야샤 (웃는다.) 저는 나리 목소리만 들어도 웃음이 나오지요.

가예프 (누이에게) 이 녀석 좀 치워 줘. 아니면 내가 먼저 갈까?

라네프스카야 가 봐, 야샤. 어서…….

야샤 (라네프스카야에게 지갑을 건네준다.) 예, 갑니다. (웃음기를 참으며) 지금 바로요. (나간다.)

로파힌 부인의 영지를 데리가노프라는 부자가 사려고 합니다. 직접 경매에 참가할 거라고 하더군요.

라네프스카야 어디서 그런 소리를 들었나요?

로파힌 시내에 그렇게 소문이 나 있습니다.

가예프 야로슬라블의 숙모님이 돈을 보내 주겠다고 약속하셨지만 언제 얼마나 보내 주실지는 모르겠는걸…….

로파힌 얼마나 보내 주실까요? 10만 루블? 20만?

라네프스카야 글쎄요……. 1만이나 1만 5천 루블 정도만 돼도……. 그 정도도 고맙지요.

로파힌 죄송합니다만, 당신들처럼 생각이 짧고 세상 물정 모르는 기이한 사람들은 정말 처음 봅니다. 전 지금 다른 나라 말로 이야기하는 게 아닙니다. 당신의 영지가 팔려 나갈 상황이라구요! 정말 이해를 못 하시겠습니까?

라네프스카야 그러니 어떻게 하면 좋죠? 가르쳐 주세요. 방법이 있나요?

로파힌 제가 매일 말씀드리지 않습니까. 매일 똑같은 말을 되풀이했다고요. 벚꽃 동산의 토지를 전부 별장용으로 임대하는 겁니다. 그것도 지금 당장! 한시라도 빨리 움직이지 않으면 안됩니다! 경매가 임박했어요! 정신을 좀 차리세요! 별장 용지로 내놓겠다고 결정만 내리면 얼마든지 돈을 내겠다는 사람이 나올 겁니다. 그럼 당신들도 살아나는 겁니다.

라네프스카야 별장이나 별장 거주자, 미안하지만 그건 정말 천박해요.

가예프 나도 전적으로 동감이야.

로파힌 울음을 터뜨리든지, 소리를 지르든지, 아니면 기절해 버릴 것만 같습니다. 어쩔 수가 없군요. 당신들에게 두 손 두 발 다 들었습니다. (가예프에게) 당신은 남자도 아닙니다!

가예프 뭐라고?

로파힌 남자도 아니라고 했습니다! (떠나려 한다.)

라네프스카야 (놀라면서) 아니, 가지 마세요. 제발 여기 있어 줘요. 부탁이에요. 어쩌면 무슨 좋은 방안이 떠오를지도 모르잖아요!

로파힌 이제 생각해 본다고 무슨 방법이 있겠어요!

라네프스카야 가지는 마세요, 제발. 그래도 당신이 있으면 안심이 되네요…….

사이.

라네프스카야 나는 항상 어떤 일이 생기길 마냥 기다리고 있는 기분이에요. 마치 우리 머리 위로 건물이 무너져 내리는 게 예정된 일이고,

그걸 각오하고 있는 것만 같은…….

가예프 (심각한 표정으로) 구석에 투 쿠션 중앙을 가로질러…….

라네프스카야 우리는 많은 죄를 지었어요.

로파힌 무슨 죄를 지었다는 거죠?

가예프 (사탕을 입에 넣는다.) 사람들은 내가 사탕을 지나치게 좋아해서 전 재산을 탕진했다더군. (웃는다.)

라네프스카야 아, 나의 죄……. 나는 언제나 미친 듯이 돈을 썼어요. 게다가 빚이나 질 줄밖에 모르는 사람과 결혼했죠. 그는 지나치게 술을 마셔 대고 그래서 죽었고요. 그러고 나서 나는 불행하게도, 딴 사람을 사랑해서 같이 살게 되었답니다. 그러자 바로 첫 번째 천벌이 내 머리로 곧장 떨어졌어요. 그래, 바로 저 강에서……. 내 아들이 저 강에 빠져 죽은 거예요. 그래서 나는 외국으로 떠난 거지요. 두 번 다시 이 강을 보고 싶지 않아서 나는 눈을 질끈 감은 채 그 생각만 하면서 도망쳤던 거예요. 하지만 남편은 나를 따라왔어요. 염치도 없이 뻔뻔스럽게……. 나는 망통 부근의 별장을 샀는데, 그건 그 사람이 병에 걸렸기 때문이에요. 3년 동안 밤낮으로 편히 쉬지도 못하고 간호하느라 녹초가 되었는데, 병자는 나를 계속 괴롭혔고, 나는 영혼까지 바짝 말라 버리고 말았어요. 그런데 작년에 그 별장이 빚으로 넘어가자 파리로 건너갔는데, 거기서 그자는 우려먹을 대로 우려먹은 나를 버리고 다른 여자와 살림을 차렸어요. 나는 음독자살까지 하려 했지……. 정말 한심하고 부끄러운 일이죠……. 그러다 문득 러시아로, 내 고향으로, 내 딸들에게로 돌아가고 싶어졌지……. (눈물을 닦는다.) 오, 하느님, 자비로우신 하느님. 제 죄를 용서하소서! 더 이상 저를 벌하지 마소서! (주머니에서 전보를 꺼낸다.) 오늘 파리에서 온 거예요. 그 사람이 용서를 빌면서 돌아와 달라고……. (전보를 찢는다.) 어머, 누구지? 어디에선가 음악 소리가 들리는 것 같아요. (귀를 기울인다.)

가예프 그 유명한 유대인 악단이야. 생각나지? 네 대의 바이올린과 플루트, 그리고 콘트라베이스.

라네프스카야 그 악단이 아직도 있나요? 그럼, 언제 우리 집에 한번 불러서 파티라도 열었으면 좋겠어요.

로파힌 (귀를 기울인다.) 내 귀에는 안 들리는데요. (조용히 노래한다.) "돈을 위해서라면 독일 사람들은 러시아 사람을 프랑스 사람처럼 만드네." (웃는다.) 어제 극장에서 무척 웃긴 연극을 봤어요.

라네프스카야 글쎄요, 아마도 웃길 만한 건 없었을 거라 장담해요. 당신은 연극을 볼 게 아니라, 자기 자신을 살펴보아야 해요. 당신이 얼마나 무미건조하게 살아가는지, 당신이 얼마나 쓸데없는 말을 많이 내뱉고 있는지 생각해 보세요.

로파힌 사실 그렇습니다. 솔직히 말해서 우리 같은 인생은 어리석기 짝이 없지요.

사이.

로파힌 제 아버지는 천치 같은 농사꾼이라 아는 게 없어서 나에게 아무것도 가르치지 않았습니다. 매일 술에 취해서 나를 패는 게 전부였으니까요. 사실은 저도 아버지처럼 멍청한 바보에 지나지 않습니다. 배운 거라고는 하나도 없는 데다가, 글씨마저도 엉망으로 써서 부끄럽기 짝이 없죠.

라네프스카야 당신은 어서 결혼을 해야 해요.

로파힌 예……. 그렇습니다.

라네프스카야 우리 바랴라면 어떤가요? 성품이 아주 훌륭하고 착한 처녀랍니다.

로파힌 그렇죠.

라네프스카야 바랴는 마음씨가 곱고 무척 근면한 아이예요. 게다가 무엇보다 중요한 점은 당신을 사랑하고 있다는 거예요. 당신도 물론 오래전부터 그 아일 좋아했잖아요.

로파힌 예? 나도 물론 싫지는 않습니다만……. 네, 참으로 좋은 아가씨지요.

사이.

가예프 나더러 은행에서 일을 해 보지 않겠냐고 권하는 사람이 있는데. 연봉 6천 루블이라나……. 너도 들었지?

라네프스카야 오빠가 어떻게! 그냥 가만히 계시기나 하세요…….

피르스가 외투를 가지고 들어온다.

피르스 (가예프에게) 나리, 어서 입으세요. 여기는 날이 습해요.

가예프 (외투를 입는다.) 정말 귀찮구먼.

피르스 그러시면 안 됩니다……. 오늘 아침에도 말도 없이 나가 놓고선. (그를 살펴본다.)

라네프스카야 할아범도 많이 늙었어.

피르스 뭐라고 하셨어요?

로파힌 많이 늙었다고!

피르스 오래 살았습니다. 마님의 아버님이 세상에 태어나지도 않았을 때 제가 장가를 들었으니까요……. (웃는다.) 농노해방이 되었을 때, 저는 이미 농노들의 감독이었답니다. 그때 저는 해방령에 찬성하지 않았기 때문에 나리 댁에 남아 있게 된 거지요. (사이) 옛날에는 모두가 즐거웠습니다. 어째서 그리 즐거웠는지는 아무도 몰랐지만.

로파힌 예전에는 정말 괜찮았죠. 어쨌든 매질은 마음대로 할 수 있었으니까.

피르스 (제대로 알아듣지 못하고) 물론입니다. 전에는 농부들은 나리에게 의지하고, 나리들은 그들에게 의지했는데, 이제는 모든 것이 뒤죽박죽이라 뭐가 뭔지 모르겠어요.

가예프 그만하게. 피르스. 난 내일 시내에 가야 해. 어음 할인을 해 주겠다는 어떤 장군을 소개받기로 했거든. 그 장군이 어음으로 돈을 빌려 주겠다는 거야.

로파힌 아무 소용없을 겁니다. 그것으로는 이자도 못 갚을 텐데, 차라리 가만히 계세요.

라네프스카야 그냥 해 보는 소리예요. 그런 장군은 없어요.

트로피모프, 아냐, 바랴가 들어온다.

가예프 모두들 오는구나.

아냐 어머니, 여기 계셨군요.

라네프스카야 (상냥하게) 어서 오렴. 어서, 딸들아. (아냐와 바랴를 포옹한다.) 내가 얼마나 너희들을 사랑하는지, 너희가 알아줬으면 좋겠구나.

자, 여기 내 곁에 앉으렴.

모두 앉는다.

로파힌 우리 만년 대학생께서는 늘 아가씨들과 함께 다니시는군.

트로피모프 당신이 참견할 일이 아니오.

로파힌 이제 자네도 곧 쉰 살인데 아직도 대학생이라니.

트로피모프 그런 터무니없는 농담은 집어치워요.

로파힌 이상한 사람 같으니, 화가 나셨나?

트로피모프 그냥 좀 성가시게 굴지 말란 말이오.

로파힌 (웃는다.) 어디 물어봅시다. 대학생께서는 나를 어떻게 생각하시오?

트로피모프 예르몰라이 알렉세예비치 씨, 당신은 이미 부자고 곧 백만장자가 될 겁니다. 그리고 물질의 순환이라는 차원에서 보면, 당신 같은 인간도 이 세상에 필요하긴 할 겁니다. 정글에서는 아무거나 닥치는 대로 먹어 치우는 맹수도 필요한 것처럼 말입니다.

모두 웃는다.

바랴 페챠, 당신은 차라리 떠돌이별에 대한 이야기나 하는 게 낫겠어요.

라네프스카야 아니, 이제 그만하고, 어제 하던 얘기를 계속해 봐요.

트로피모프 어떤?

가예프 당당한 사람에 대해서 얘기했었잖나.

트로피모프 어제도 오랫동안 이야기를 했었지만 어떤 결론에도 이르지 못했습니다. 당신은 당당한 사람에게는 무언가 신비로운 점이 있다고 주장하셨지요. 그 말에도 일리는 있습니다. 하지만 좀 더 사심 없이 생각해 보면, 사람이란 생리학적으로 불완전하고 대다수가 천박하고 어리석고 불행하지 않습니까. 자화자찬에 빠져서는 안 됩니다. 그저 열심히 무언가를 이루려고 노력해야 합니다.

가예프 그래도 죽기는 매한가지지.

트로피모프 글쎄요. 죽는다는 건 과연 어떤 의미일까요? 어쩌면 사람에게는 백 가지 감각이 있는데, 죽음과 함께 사라지는 것은 우리가 알고 있는 오감뿐이고, 나머지 아흔다섯 가지 감각은 계속 남아 있는 건지도 모르지요.

라네프스카야 페챠! 당신은 정말 기발하네요!

로파힌 (비꼬듯) 오, 대단하군!

트로피모프 인류는 자신들의 능력을 키우며 나날이 진보하고 있습니다. 현재는 이해할 수 없는 것도 언젠가는 익숙하고 분명히 이해가 가능해질 것입니다. 하지만 이를 위해 우리는 오직 일을 해야 합니다. 미래의 운명을 알고자 하는 이들을 힘껏 정성을 다해 도와야 합니다. 그런데 지금 우리 러시아에서 노동하는 사람들은 너무나 적은 수에 불과합니다. 내가 알고 있는 대부분의 지식인들은 아무것도 탐구하지 않고, 아무 일도 하지 않으며, 고된 노동을 감당할 능력도 없습니다. 스스로를 지성인이라고 자처하면서도 하인들이나 농부들을 짐승 대하듯 함부로 대하고, 공부도 외면하면서 책 한 권 읽지 않고 있습니다. 전혀 아무것도 하지 않으면서, 입으로만 학문을 지껄이고 예술이 어떻다느니 떠들어 댑니다. 그런데도 심각한 얼굴로 무게를 잡으며 철학 넋두리나 늘어놓지요. 하지만 일하는 사람들은 제대로 먹지도 못하고, 베개도 없이 한 방에서 30~40명이 함께 뒹굴며, 빈대, 악취, 습기 그리고 도덕적 타락 속에서 살고 있지 않습니까. 그러니 우리들의 번지르르한 대화는 결국 우리 자신과 다른 이들을 속이기 위한 방편에 불과합니다. 그렇게 많은 이들이 떠들어 대던 탁아소며 도서관이 실제로 세상 어디에 있습니까? 그런 건 소설에나 나오는 거지, 실제로는 존재하지 않아요. 오직 우리가 마주치고 있는 현실은 더럽고 천박하며 야만스러운 것들뿐입니다. 나는 심각한 표정도, 진지한 이야기도 좋아하지 않습니다. 차라리 입을 다물고 있는 편이 더 낫습니다!

로파힌 아시다시피 나는 매일 새벽 5시에 일어나서, 밤늦게까지 일합니다. 내 돈뿐만 아니라 남의 돈도 다루는 일을 하다 보니 늘 주위에서 많은 사람을 보게 됩니다. 무슨 일이든 시작해 보면 세상에 정직하고 제대로 된 사람이 얼마나 드문 편인지 알게 됩니다. 이따금 잠이 오지 않을 때는 이런 생각을 해 봅니다. "오 하느님, 당신은 저희에게 거대한 숲과 끝없는 벌판과 머나먼 지평선을 주셨습니다. 그러니 그곳에서 살아가는 우리 자신도 실제에 맞게 거인이 돼야 할 것입니다."라고 말이죠.

라네프스카야 거인이 되고 싶으세요? 그것은 동화에나 나오는 거죠. 정말 그렇게 된다면 모두들 무서워할 겁니다.

무대 안쪽으로 에피호도프가 기타를 치며 지나간다.

라네프스카야 (골똘히 생각하며) 에피호도프가 저기 있네…….

아냐 (골똘히 생각하며) 에피호도프가 가고 있어요.

가예프 해가 졌어요, 여러분.

트로피모프 그렇군요.

가예프 (나지막한 목소리로 낭독하듯이) 오, 자연이여, 경이로운 자연이여. 너는 영원의 빛을 발하는구나. 아름답고 무심한 자연이여, 우리가 어머니라 칭하는 너는 죽음과 삶을 한곳에 담아 창조와 파괴를 거듭하는구나…….

바랴 (간청하듯) 외삼촌!

아냐 외삼촌, 또 그러세요!

트로피모프 당신은 빨간 공을 투 쿠션으로 가운데에 넣는 편이 낫겠네요.

가예프 알았다, 알았어. 아무 말하지 않으마.

모두 깊은 생각에 잠긴 채 앉아 있다. 정적이 흐른다. 피르스가 나직하게 웅얼거리는 소리만 들린다. 갑자기 먼 하늘에서 소리가 들린다. 줄 끊어지는 소리를 연상시키는 소리가 구슬프게 울리고 나서 잦아든다.

라네프스카야 무슨 소리죠?

로파힌 모르겠습니다. 어디 먼 광산에서 승강기 줄이 끊어졌나 봅니다. 어딘지 정말 먼 곳인 것 같은데요.

가예프 어쩌면 새일지도 모르지……. 해오라기 같은 새.

트로피모프 큰 부엉이일지도 몰라요.

라네프스카야 (몸서리치며) 어쩐지 기분이 좋지 않군요.

사이.

피르스 그 불행이 닥치기 전에도 그랬습니다. 부엉이가 울고, 주전자도 끊임없이 덜거덕거리고.

가예프 어떤 불행 말인가?

피르스 농노해방 말입니다.

사이.

라네프스카야 벌써 어두워졌군요. 자, 여러분, 그만 돌아가지요. (아냐에게) 눈물이 글썽하구나……. 왜 그러니, 얘야? (아냐를 안는다.)

아냐 아무것도 아니에요, 어머니.

트로피모프 누가 오고 있어요.

낡고 흰 모자를 쓰고 외투를 입은 떠돌이가 나타난다. 술에 조금 취해 있다.

떠돌이 말씀 좀 묻겠습니다. 이 길로 곧장 가면 역이 있습니까?

가예프 그렇소, 이 길을 따라 쭉 가도록 하시오.

떠돌이 아, 감사드립니다. (딸꾹질을 한다.) 날씨가 정말 좋습니다. (낭독하듯) 나의 형제여, 고뇌하는 형제여, 볼가 강으로 나가라. 누군가의 신음소리가……. (바랴에게) 마드무아젤, 이 굶주린 러시아인에게 30코페이카만 적선해 주십시오.

바랴가 깜짝 놀라서 비명을 지른다.

로파힌 (화를 내면서) 아무리 염치가 없어도 그렇지. 정말 무례하기 짝이 없군!

라네프스카야 (넋을 놓고) 이리 와서 받으세요……. 여기……. (지갑을 뒤진다.) 은화가 없네. 아무렴 어때. 자, 여기 금화를 받아요.

떠돌이 정말 감사합니다. 정말, 정말, 감사합니다!

떠돌이, 나간다. 웃음소리.

바랴 (놀라서) 갈래요, 이만 가야겠어요. 아아, 어머니. 집에 하인들은 먹을 것이 없어서 굶고 있는데, 어머니는 어떻게 그런 사람에게 금화를 내줄 수가 있어요?

라네프스카야 나는 멍청이야! 또 어리석은 짓을 했어! 바랴, 너에게 내가 가진 전부를 모두 맡기마. 예르몰라이 알렉세예비치, 돈을 좀 더 빌려 주세요!

로파힌 네, 알겠습니다.

라네프스카야 여러분, 이제 돌아갈까요. 바랴. 우리는 여기서 네 혼담을 결정했단다. 축하한다.

바랴 (눈물을 글썽이며) 아, 어머니! 그런 농담은 하지 마세요.

로파힌 오필리아여, 수녀원으로 가시죠…….

가예프 손이 떨려, 오랫동안 당구를 치지 않았거든.

로파힌 오, 요정이여, 기도하면서 나를 떠올려다오!

라네프스카야 갑시다, 여러분. 곧 저녁 식사 시간이에요.

바랴 그 사람 때문에 몹시 놀랐어요. 가슴이 두근거려요.

로파힌 다시 한 번 말씀드리죠. 8월 22일이면 벚꽃 동산이 팔릴지도 모릅니다. 이 점을 잘 생각해 보세요! 잘 생각하셔야 합니다!

트로피모프와 아냐를 제외하고 모두 퇴장한다.

아냐 (웃으면서) 그 떠돌이에게 고마워요. 바랴를 놀라게 해 준 덕분에 단둘이 있게 됐잖아요.

트로피모프 바랴는 우리가 사랑에라도 빠지게 될까 봐 두려워하기에 하루 종일 우리 곁을 서성대는 거야. 그녀의 좁은 소견으로는 우리가 사랑 따위를 넘어섰다는 것을 이해할 수 없겠지. 자유롭고 행복하게 되는 걸 방해하는 편협하고 기만적인 관념의 틀로부터 벗어나는 것이 우리 삶의 목적이자 의의라 할 수 있지. 앞으로 나아가야 해! 저 멀리 빛나는 별을 향해 불굴의 의지로 나아가는 거야! 뒤처져선 안 돼! 멈추지 말라!

아냐 (손뼉을 치며) 정말 멋진 말이에요!

사이.

아냐 오늘은 이곳 경치가 더 아름답네요.

트로피모프 그래, 놀라운 날씨군.

아냐 페챠, 당신 때문에 내가 어떻게 변했는지 아세요. 이젠 어찌된 일인지 예전만큼 벚꽃 동산에 매혹되지 않게 되었어요. 예전에는 이곳을 너무나 사랑해서 여기보다 더 아름다운 곳은 이 세상에 없을 거라고 생각했는데.

트로피모프 러시아 전체가 우리 동산이야. 러시아의 대지는 광활하고 아름다우니 이곳만큼 경이로운 곳이 얼마든지 있지.

사이.

트로피모프 생각해 봐, 아냐. 네 할아버지도, 증조할아버지도, 다른 모든 조상들도 농노의 소유자, 그러니까 살아 있는 영혼을 재산으로 소유하고 있었어. 이 동산의 모든 벚나무, 모든 잎사귀, 모든 줄기에서 그들의 존재가 느껴지지 않니? 살아 있는 영혼을 소유함으로써 인간은 더 이상 순수하지 않게 되었어. 그래서 너나, 네 어머니나 너의 외삼촌도 다른 사람들의, 그들의 저택 현관 안으로는 들어오지도 못하는 그런 사람들의 희생을 대가로 살고 있다는 사실조차 전혀 모르는 거야. 우리는 최소한 200년은 뒤떨어져 있어. 우리에게는 아직 이렇다 할 만한 것이 아무것도 없어. 과거가 어떤 의미를 갖는지도 아직 결정하지 못했어. 우리는 그저 관념적인 넋두리나 읊으면서 인생이 따분하다고 투덜거리거나 보드카를 퍼마시고 있을 뿐이지. 지금 새롭게 시작하기 위해서 우리는 먼저 과거를 속죄하고 청산해야 해. 그 속죄는 오직 고통을 통해서만, 비상한 노력과 중단 없는 노동에 의해서만 가능하지. 이 점을 알아야 해. 아냐.

아냐 우리가 살고 있는 이 집은 이미 오래전부터 우리 집이 아니었어요. 떠나겠어요. 나는 맹세할 수 있어요.

트로피모프 집 열쇠들은 우물에 던져 버려. 바람처럼 자유롭게.

아냐 (감격하며) 진정 멋진 말이에요!

트로피모프 나를 믿어, 아냐. 나는 아직 서른이 되지 않았고, 젊어. 또 여전히 대학생이지만 이미 수많은 시련을 겪어 왔어! 나는 배고프고, 아프고, 불안하고 거지처럼 가난해. 그래도 난 운명이 날 이끄는 곳이면 어디든 떠돌아다녔지! 그래도 내 영혼은 언제나 내 것으로 남아 있어. 밤이나 낮이나 늘, 형용할 수 없는 예감이 내 영혼을 가득 채우고 있어. 행복이 다가오고 있다는 걸 난 예감해. 아냐, 내 눈에는 이미 행복이 보여.

아냐 (깊은 생각에 잠긴 듯) 달이 떠오르고 있어요.

에피호도프가 기타로 아까와 같은 구슬픈 노래를 부르는 소리가 들린다. 달이 떴다. 포플러나무 근처에서 바랴가 아냐를 찾고 있다. "아냐! 어디 있니? 아냐!"

트로피모프 그래, 달이 떴군.

사이.

트로피모프 바로 저게 행복이야. 행복이 다가오고 있어. 점점 더 가까이. 내 귀에는 그 발소리가 들리는 것 같아. 설령 우리가 끝내 보지 못하고 인식하지 못한다고 하더라도, 그건 문제가 아니야. 우리가 아니더라도 다른 사람들이 반드시 찾아 줄 텐데!

바랴의 목소리가 들린다. "아냐? 어디 있니?"

트로피모프 또 바랴가 돌아왔군! (화를 내면서) 귀찮아!

아냐 신경 쓸 것 없어요. 강가로 가요. 거기가 좋을 거예요.

트로피모프 그래, 가자고.

두 사람이 걸어간다.
바랴의 목소리가 들린다. "아냐! 아냐!"

막이 내린다.

3막

아치로 홀과 분리된 응접실이다. 샹들리에가 빛나고 있다. 다른 방에서는 2막에서 언급된 그 유대인 악단이 연주하는 소리가 들려온다. 저녁이다. 홀에서는 사람들이 원무를 추고 있다. "Promenade à une Paire(프랑스어. 한 쌍씩 앞으로)!" 피쉬크의 목소리가 들린다. 춤추는 사람들이 쌍을 이뤄 응접실로 나온다. 첫 번째 쌍은 피쉬크와 샤를로타, 두 번째 쌍은 트로피모프와 라네프스카야, 세 번째 쌍은 아냐와 우체국 관리, 네 번째 쌍은 바랴와 역장이며, 그 뒤를 여러 쌍이 따른다. 바랴는 춤을 추지만 조용히 울며 눈물을 훔친다. 마지막 한 쌍에 두냐샤가 있다. 모든 커플이 홀을 한 바퀴 돌고 응접실로 향한다. 피쉬크가 소리친다. "Les cavaliers à genoux et remerciez vos dames(프랑스어. 기사들은 파트너에게 무릎을 꿇고 인사를)!"

연미복 차림의 피르스가 광천수를 담은 쟁반을 들고 온다. 피쉬크와 트로피모프가 응접실로 들어선다.

피쉬크 나는 고혈압이라 벌써 두 번이나 졸도한 적이 있고 해서 춤은 좀 곤란하지만, 그래도 '로마에 가면 로마법을 따르라.'는 말도 있고 해서. 그래도 나는 말처럼 힘이 세지. 돌아가신 아버지는 우스갯소리를 잘하셨는데, 우리 집안에 대해서 이렇게 말씀하셨지. "우리 시메오노프-피쉬크 가문은 칼리굴라가 원로원 자리에 앉혔다는 그 말에게서 시작되었다!" (앉는다.) 하지만 불행히도 돈이 없다는 거지! 굶주린 개는 고기만 믿거든……. (코를 골다가 곧 다시 눈을 뜬다.) 그래서 나도……. 믿을 건 돈뿐이라는 말밖에 할 게 없어.

트로피모프 그러고 보니 생김새가 어딘지 모르게 말상이시긴 합니다.

피쉬크 그래, 말은 좋은 짐승이지. 팔아도 되고…….

옆방에서 당구 치는 소리가 들린다. 아치 아래로 바랴가 보인다.

트로피모프 (놀리듯이) 로파힌 부인! 로파힌 부인!

바랴 (화내면서) 대머리 나리!

트로피모프 그래, 대머리입니다. 나는 그게 자랑스럽다고!

바랴 (생각에 잠겨서 슬픈 표정으로) 악단까지 불러 놓고 돈은 무슨 수로 치른다지? (나간다.)

트로피모프 (피쉬크에게) 당신이 평생 이자 갚을 돈을 구하러 다니느라 낭비한 노력을 다른 일에 썼더라면, 분명히 세상을 뒤엎고도 남았을 겁니다.

피쉬크 니체……. 그 철학자……. 그 대단하고 유명한……. 그 똑똑한 인간이 자신의 저서에다 썼지, 위조지폐를 만들 수도 있다고.

트로피모프 아니, 니체를 읽으셨습니까?

피쉬크 글쎄……. 다셴카한테 들은 얘기네. 내가 지금 당장 위조지폐라도 찍어 내고 싶은 심정이야. 모레 310루블을 갚아야 하거든…….
130루블은 구했는데……. (주머니를 만져 보다가 소스라치게 놀란다.) 돈이 없어졌네! 돈을 잃어버렸어. (눈물을 글썽이며) 돈이 어디 갔지? (기쁨에 넘쳐서) 여기, 여기 있었구나! 안쪽에 있었어……. 식은땀이 다 나는군…….

라네프스카야와 샤를로타가 들어온다.

라네프스카야 (레즈긴카를 읊조린다.) 레오니드는 왜 이렇게 늦는 걸까? 시내에서 무엇을 하고 있는지 모르겠네. (두냐샤에게) 두냐샤, 악사들에게 차를 좀 대접하렴.

트로피모프 경매가 잘 안 됐나 봅니다.

라네프스카야 지금은 악단을 부를 때도 무도회를 열 때도 아니지만……. 아니, 아무렴 어때. (앉아서 나직하게 흥얼거린다.)

샤를로타 (피쉬크에게 한 벌의 카드를 준다.) 자, 여기 카드가 있어요. 마음속으로 한 장만 골라 보세요.

피쉬크 결정했소.

샤를로타 그럼, 이제 카드를 섞으세요. 그 정도면 충분해요. 이리 주세요. 친애하는 피쉬크 씨. Eins, zwei, drei(독일어. 하나, 둘, 셋)! 자, 아까 고른 카드가 있나 찾아보세요. 당신 코트 주머니 안에 있을 거예요.

피쉬크 (코트 주머니에서 카드를 꺼낸다.) 스페이드 8. 정말 맞아! (놀라며) 대단하군.

샤를로타 (카드를 손바닥 위에 올려놓고 트로피모프에게) 얼른 말해 보세요. 맨 위에 있는 카드가 뭐죠?

트로피모프 아……. 스페이드 퀸?

샤를로타 맞았어요. (피쉬크에게) 자, 맨 위에 있는 카드가 뭐죠?

피쉬크 하트 에이스.

샤를로타 그렇습니다. (손뼉을 치자 카드 한 벌이 사라진다.) 오늘 날씨는 정말 좋군요!

마치 바닥에서 들려오는 듯 신비한 여자의 음성이 답한다. "네, 그래요, 날씨가 참 좋네요, 주인마님."

샤를로타 당신은 정말로 멋진 내 이상형이에요.

목소리. "저도 당신이 참 마음에 든답니다."

역장 (손뼉을 친다.) 대단한 복화술이로군요, 브라보!

피쉬크 (놀라면서) 아니, 정말! 샤를로타, 정말 매력적이군. 나는 완전히 반해 버렸소.

샤를로타 반했다고요? (어깨를 으쓱하더니) 당신도 누군가를 사랑할 수 있나요? "Guter Mensch, aber schlechter Musikant(독일어. 사람은 괜찮지만 서투른 음악가여.)."

트로피모프 (피쉬크의 어깨를 툭툭 친다.) 당신은 정말 말상이군요.

샤를로타 주목해 주세요. 마술을 하나 더 보여 드릴게요. (의자에서 숄을 집어 든다.) 아주 근사한 숄이지요. 이걸 팔까 하는데……. (흔든다.) 누구 사고 싶은 분 없으신가요?

피쉬크 (놀라면서) 아니, 이럴 수가!

샤를로타 Eins, zwei, drei! (공중에 늘어뜨린 숄을 빠르게 들어 올린다.)

숄 뒤에 아냐가 서 있다. 그녀는 무릎을 약간 구부려 인사하고는 어머니에게 달려가 포옹한다. 사람들이 박수를 치는 동안 아냐는 그곳을 떠나 뒤쪽 홀로 들어간다.

라네프스카야 (박수를 치며) 브라보, 브라보!

샤를로타 자, 그럼, 또 한번! Eins, zwei, drei! (숄을 들어 올린다.)

숄을 들어 올리자, 그 뒤에 바랴가 서 있다가 인사한다.

피쉬크 (놀라면서) 아니, 저걸 봐요!

샤를로타 자, 끝났습니다. (숄을 피쉬크에게 던지고 무릎을 굽혀 인사하더니 홀로 달려 나간다.)

피쉬크 (그녀를 쫓아 달리며) 작은 마녀 같으니라고……. 그럴 수가 있는 거야! (나간다.)

라네프스카야 그런데 오빠는 왜 아직도 안 돌아오는 거야. 도대체 뭘 하고 있기에! 지금쯤이면 결과가 나왔을 텐데. 영지가 팔렸거나 경매가 아예 성사되지 않았거나. 어쨌든 모든 일이 다 끝났을 텐데, 왜 이렇게 감감무소식인지 원!

바랴 (그녀를 위로하려고 애쓰면서) 외삼촌이 사셨을 거예요. 저는 믿어요.

트로피모프 (비웃듯이 바랴를 보며) 그렇겠죠.

바랴 할머니께서 빚을 넘겨받는 조건으로 벚꽃 동산을 사겠다는 위임장을 외삼촌에게 보내셨잖아요. 그건 아냐를 위해서 그렇게 하신 거예요. 저는 믿어요. 하느님이 도우셔서 외삼촌이 사셨을 거예요.

라네프스카야 야로슬라블의 할머니는 당신 명의로 동산을 사라고 1만 5천 루블을 보내셨어. 그 액수의 돈으로는 이자도 갚을 수 없어. 그분은 우리를 믿지 않으시는 거야. (두 손으로 얼굴을 감싼다.) 오늘로 내 운명이 결정될 거야, 내 운명이…….

트로피모프 (바랴를 놀리듯) 로파힌 부인!

바랴 (화를 내면서) 만년 대학생! 벌써 두 번이나 대학에서 쫓겨났으면서…….

라네프스카야 왜 그렇게 화를 내는 거니, 바랴? 저 사람이 널 로파힌 부인이라고 놀린다고 해서 그게 뭐 어떻다고? 원한다면 로파힌에게 시집가렴. 그는 매력적이고 유쾌한 사람이야. 그렇지만 내키지 않는다면 가지 않아도 돼. 네게 강요하는 사람은 아무도 없으니.

바랴 어머니, 저는 이 문제를 진지하게 고민하고 있어요. 그분은 좋은 사람이고 제 맘에도 들어요.

라네프스카야 그러면 결혼하려무나. 뭘 망설이는 건지 도대체 모르겠구나.

바랴 어머니, 그렇다고 제가 그 사람한테 청혼할 수는 없잖아요. 벌써 2년 넘게 사람들이 그 이야기를 하고 있지만, 그 사람은 입을 다물거나 농담처럼 웃고 말아요. 그는 점점 더 부자가 될 거고, 일이 바빠서 저 같은 건 관심도 없다고요. 만일 제게 돈이 조금만 있다면, 100루블만 있다면 모든 걸 다 버리고 멀리 떠나고 싶어요. 수도원에 들어가고 싶어요.

트로피모프 거참 멋진 생각이군!

바랴 (트로피모프에게) 대학생이면 분별력이 있게 굴어요. (부드러운 말투로 눈물을 흘리면서) 페챠, 당신은 왜 그리 추해졌나요? 어쩌다 이렇게 늙어 버린 거지! (눈물을 그치고 라네프스카야에게) 어머니, 저는 일을 하지 않으면 견딜 수가 없어요. 무슨 일이든 하지 않으면 참을 수 없고 못 버틸 것 같아요.

야샤, 들어온다.

야샤 (가까스로 웃음을 참으면서) 에피호도프가 당구봉을 부러뜨렸답니다. (나간다.)

바랴 대체 왜 에피호도프가 여기서 당구를 친 거야? 도대체 이해할 수가 없다니까. (나간다.)

라네프스카야 페챠, 바랴를 놀리지 말아요. 그렇지 않아도 그 일로 얼마나 힘들어하는지 당신도 알잖아요.

트로피모프 너무 극성스러운 탓에 바랴는 스스로에게 지나치게 많은 짐을 지우려고 해요. 언제나 남의 일까지 참견을 하거든요. 여름 내내 내가 아냐와 연애라도 할까 봐 귀찮게 쫓아다녔죠. 그건 상관없는 일이잖아요. 더구나 제가 그런 천박한 연애 놀음을 벌일 거라 믿을 만한 어떤 행동도 보인 적이 없는데 말입니다. 우리는 사랑 감정 따위는 이미 초월했어요.

라네프스카야 그러면 난 연애 감정 이하겠군요. (초조해하며) 레오니드는 어째서 이렇게 늦는 걸까? 영지가 팔렸는지 아닌지, 그것만이라도 알았으면 좋겠어! 다가오는 불행이 믿기지가 않아서 어찌해야 할지 도무지 모르겠어. 정말 모르겠어……. 당장이라도 비명을 지르거나 바보짓을 할 것 같아요. 나를 구해 줘요. 페챠, 무슨 말이든 좀 해 봐요.

아무 말이라도 좋아요.

트로피모프 오늘 영지가 팔리든 안 팔리든 마찬가지 아닐까요? 결말은 이미 오래전에 난 겁니다. 돌이킬 방법은 없습니다. 그 길은 이미 잡초에 덮어 사라지고 말았어요. 부인, 스스로를 속이려고 하지 마세요. 일생에 단 한 번만이라도 똑바로 진실을 바라보셔야 해요.

라네프스카야 진실이라뇨? 당신은 어디에 진실이 있고 거짓이 있는지 다 아는 모양이군요. 하지만 마치 시력이 사라진 듯 내 눈에는 아무것도 보이지가 않아요. 당신은 어떤 중대한 문제가 닥쳐도 대담하게 해결할 수 있지만, 그건 아직 당신이 젊어서 자신의 문제로 고난을 겪어 보지 않았기 때문 아닌가요? 당신은 꿋꿋이 앞을 바라보지만 그것도 아직 불행한 미래가 예상되는 그런 시간을 겪어 보지 못했기 때문이 아닌가요? 아직은 인생의 참모습이 젊은 당신의 눈에 보이지 않을 테니까요. 물론 당신은 나 같은 이보다 용감하고 순수하고 생각이 깊어요. 하지만 손톱만큼이라도 나를 너그럽게, 안타깝게 생각하며 이해해 주세요. 나는 여기서 태어났어요. 여기서 나의 아버지, 어머니, 그리고 할아버지께서 사셨죠. 나는 이 집을 사랑해요. 벚꽃 동산 없는 생활은 상상조차 할 수 없어요. 그러니 꼭 팔아야 한다면, 나도 이 동산과 함께 팔아 주세요. (트로피모프를 끌어안고 그의 이마에 입을 맞춘다.) 내 아들은 바로 이곳에서 물에 빠져 죽었어요. (운다.) 착한 페챠, 나를 가엾게 여겨 줘요.

트로피모프 진심으로 염려하고 있다는 건 알아주십시오.

라네프스카야 알아요. 하지만 그걸 좀 다르게 말해 주길 바라요……. (손수건을 꺼내 들었더니 바닥으로 전보 한 장이 떨어진다.) 오늘 내 마음이 얼마나 무거운지 당신은 상상도 못 할 거예요. 여기는 너무 소란스러워 깜짝깜짝 놀라지만 그렇다고 내 방에 혼자 있을 수도 없어요. 정적 속에 혼자 있으면 더 무서우니까요. 제발, 나를 질책하지 말아요. 페챠, 당신을 내 가족처럼 사랑해요. 당신이라면 아냐를, 기꺼이 보내겠어요. 그렇지만 우선 공부를 마쳐야 해요. 지금 당신은 아무 일도 하지 않고 그저 운명이 잡아끄는 대로 이리저리 떠돌아다니고 있으니, 이상하지 않나요……. 그렇지 않은가요? 그렇죠? 그리고 지저분한 턱수염을 다듬어야 하지 않겠어요……. (웃는다.) 아무튼 당신은 참 재미있는 사람이에요.

트로피모프 (전보를 주워 든다.) 저는 멋쟁이 흉내는 내고 싶지 않습니다.

라네프스카야 파리에서 온 전보예요. 매일같이 오죠. 어제도, 오늘도. 야만인 같은 그 인간이 또 병에 걸렸는데, 상태가 그리 좋지 않다고……. 그 사람이 용서를 빌면서 제발 돌아와 달라고 애원하고 있어요. 사실 내가 파리로 돌아가 그 사람 옆에 있어야 하는지도 모르죠. 페챠, 당신 얼굴이 일그러지네요. 하지만 어쩌면 좋아요. 어떻게 해야 좋을까요. 그 사람은 아프고 외롭고 불행해요. 누가 그이를 돌봐 주고 누가 그이의 잘못을 감싸 주겠어요. 누가 시간에 맞춰 약을 먹여 줄까요? 내 마음을 감출 생각은 없어요. 나는 그이를 사랑하는 게 분명해요. 그이를 사랑한다고요. 내 목에 걸린 바윗덩이와 같아요. 그것 때문에 내가 밑바닥까지 가라앉는다 해도 나는 그 돌을 사랑하니까 그 사람 없이는 살아갈 수가 없어요. (트로피모프의 손을 잡는다.) 나를 나쁘게 생각지 말아요. 페챠, 아무 말도 하지 말아요. 아무 말도…….

트로피모프 (눈물을 글썽이며) 죄송하지만 솔직히 말해서 그 사람은 부인에게서 모든 걸 빼앗아 가고 있어요!

라네프스카야 아니, 아니에요, 그런 식으로 말하지 말아요. (귀를 막는다.)

트로피모프 그 사람은 비열한 건달이에요. 부인만 그걸 모르시는 겁니다! 아무 데도 쓸모없는 건달에 불과하다고요.

라네프스카야 (화가 났으나, 꾹 참으면서) 당신은 올해 스물여섯, 아니면 스물일곱이겠죠? 그런데도 여전히 중학교 2학년 학생 같아요!

트로피모프 맘대로 말씀하셔도 좋습니다.

라네프스카야 이젠 어른이 될 때도 되지 않았나요? 당신 나이면 사랑하는 사람들의 심정을 이해할 줄 알아야지요. 누군가를 사랑할 때도 되지 않았나요……. 순수한 사랑을 할 줄도 알아야 해요……. (화내면서) 그럼, 그렇고말고! 당신은 순수한 게 아니라, 결벽증에다 우스꽝스러운 괴짜일 뿐이에요.

트로피모프 (불쾌해하며) 무슨 말씀을 하시는 겁니까!

라네프스카야 "나는 사랑 따위는 초월했답니다?" 당신은 사랑을 뛰어넘은 게 아니라 피르스의 말처럼 그저 얼간이에 불과해요. 그 나이에 사랑하는 사람이 없다니!

트로피모프 (경악하여) 정말 지독하군! 지금 무슨 소리를 하시는 겁니까? (머리를 감싸 쥔 채 서둘러 홀로 걸어 나간다.) 도저히 참을 수가 없군요. 나가죠……. (나갔다가 곧바로 돌아온다.) 당신과는 이제 끝입니다! (현관으로 나간다.)

라네프스카야 (뒤에서 소리친다.) 페챠, 기다려요! 이런 바보, 농담을 했을 뿐인데! 페챠!

현관 계단을 빠르게 내려가다가 누군가 요란하게 굴러 떨어지는 소리가 들린다. 아냐와 바랴가 비명을 지른다. 하지만 곧바로 웃음소리가 이어진다.

라네프스카야 대체 무슨 일이니?

아냐, 웃으며 뛰어 들어온다.

아냐 (웃으면서) 페챠가 계단에서 굴러떨어졌어요! (다시 달려 나간다.)

라네프스카야 페챠는 정말이지 괴짜라니까.

역장이 홀에 서서 알렉세이 톨스토이의 시 〈죄 지은 여인〉을 낭독한다. 사람들은 귀를 기울이고 있다. 몇 줄 읽지 않았을 때, 대기실에서 왈츠 연주가 들려온다. 낭독은 중단되고, 모두 춤추기 시작한다. 트로피모프, 아냐, 바랴와 라네프스카야가 거실에서 나와 걸어온다.

라네프스카야 아니, 페챠……. 이런 순진한 사람……. 내가 용서를 빌게요. 같이 춤출까요……. (페챠와 춤춘다.)

아냐와 바랴도 춤을 춘다. 피르스가 들어와서 옆문 근처에 지팡이를 기대어 놓는다. 야샤도 응접실에서 건너와 춤추는 모습을 바라본다.

야샤 왜 그래, 할아범?

피르스 기분이 좋지 않군. 옛날에는 무도회를 열면 장군이니, 남작이니, 제독이니 하는 분들이 와서 춤추곤 했어. 그런데 이제는 우체국 관리와 역장을 초대해도 별로 내켜하지 않으니. 나도 이제 쇠약해졌어. 마님의 조부님 되시는 돌아가신 큰나리께서는 봉랍으로 어떤 병이든 다 고치셨지. 나도 20년 넘게 매일 봉랍을 먹고 있어. 이렇게 살아 있는 것도 그 덕분일 거야.

야샤 할아범한텐 지쳐 버렸어. (하품한다.) 빨리 죽어 버리지 않고.

피르스 이런 망할 녀석 같으니! (혼자 중얼거린다.)

홀에서 춤추던 트로피모프와 라네프스카야가 응접실에 들어온다.

라네프스카야 Merci(고마워요). 좀 앉을 게요……. (앉는다.) 난 피곤해요.

아냐가 들어온다.

아냐 (흥분해서) 방금 부엌에서 어떤 사람이 그러는데, 오늘 벚꽃 동산이 팔렸대요.

라네프스카야 누구에게 팔렸대?

아냐 누구라고는 말하지 않고 그냥 가 버렸어요. (춤추기 위해 트로피모프와 함께 홀로 나간다.)

야샤 아까 어떤 노인이 그런 소리를 하던데요. 처음 보는 사람이었어요.

피르스 레오니드 안드레예비치 나리는 아직 안 돌아오셨군요. 얇은 봄 코트를 입고 나가셨는데, 감기라도 걸리지 않으실지 걱정입니다. 정말이지, 젊은 분이라 어쩔 수 없다니까.

라네프스카야 금방이라도 숨이 멈출 것 같아. 야샤, 어서 가서 누구한테 팔렸는지 알아봐.

야샤 그 노인이라면 한참 전에 가 버렸는데요. (웃는다.)

라네프스카야 (약간 짜증을 내며) 왜 웃는 거지? 뭐가 그리 즐거워?

야샤 에피호도프 생각이 나서요. 무척 우스운 사람이에요. '걸어 다니는 불행'이죠.

라네프스카야 피르스, 만일 영지가 팔리면 할아범은 어디로 갈 거지?

피르스 어디든 가라고 하시는 곳으로 가겠습니다.

라네프스카야 할아범, 왜 이리 안색이 안 좋아? 어디 아픈가? 그만 가서 쉬는 게 낫겠군.

피르스 그렇지만……. (빙긋 웃으며) 제가 쉬러 가면, 누가 여기서 시중을 누가 관리를 하겠습니까? 저 혼자 이 집을 전체를 맡고 있는데요.

야샤 (라네프스카야에게) 마님, 한 가지 부탁드릴 게 있습니다. 부디 친절을 베풀어 주세요. 혹시 파리로 돌아가시게 되면 제발 저도 함께 데려가 주세요. 전 무슨 일이 있어도 이곳에 남고 싶지 않습니다. (주위를 둘러보면서 속삭이듯) 무슨 말이 더 필요할까요. 마님께서도 아시듯이, 이 나라는 무식하고 사람들은 예의도 없이 따분하고, 음식은 형편없는 것들뿐이에요. 게다가 피르스는 온 집 안을 돌아다니며 알아들을 수도 없는 소리를 중얼대고요. 제발 자비를 베푸셔서 저를 데려가 주세요!

피쉬크가 들어온다.

피쉬크 저……. 부인, 저와 왈츠 한 곡 어떠신가요……. (라네프스카야가 그에게 걸어간다.) 정말 아름다우십니다. 그런데 아무래도 제게 180루블만 빌려 주셔야겠습니다……. 꼭 빌려 주셔야 해요……. (춤춘다.) 180루블을…….

두 사람이 홀로 걸어간다.

야샤 (나직하게 노래를 부른다.) "오, 그대는 아는가. 파도치는 내 마음을……."

홀에서 회색 모자를 쓰고 격자무늬 바지를 입은 사람이 뛰면서 두 팔을 흔든다. "브라보, 샤를로타 이바노브나!"라는 외침 소리.

두냐샤 (분을 바르려 멈춰 서서) 아가씨가 나보고도 춤을 추랬어요. 신사들은 많은데 숙녀가 적다면서요. 그런데 춤을 너무 춰서 그런지 가슴이 마구 뛰고 머리가 어지러웠어요. 피르스 니콜라예비치, 방금 전에 우체국 관리가 저한테 한 말 때문에 숨이 멎을 것만 같아요.

음악 소리가 잦아든다.

피르스 그가 뭐라고 말하더냐?

두냐샤 제가 한 송이 작은 꽃과 같대요.

야샤 (하품한다.) 천박하군……. (나간다.)

두냐샤 날 보고 꽃 같대요……. 저는 예민한 숙녀예요. 감미로운 말을 정말 좋아하지요.

피르스 아예 넋을 잃었구나.

에피호도프가 들어온다.

에피호도프 두냐샤, 너는 나를 무슨 벌레 보듯 피하는구나……. (한숨 쉰다.) 아아, 정말 산다는 것은!

두냐샤 왜 그러시죠?

에피호도프 어쩌면 당신 말이 옳을지도 몰라요. (한숨 쉰다.) 하지만 물론, 달리 보면, 이건 지나치게 노골적인 표현일지도 모르지만, 당신 때문에 나는 정말 비참해지고 있어. 내게는 매일 어떤 불행이 일어나지만 난 그런 것에는 이미 익숙해졌어. 그런 것쯤은 웃으며 지켜볼 수 있답니다. 당신은 내게 약속했지요. 비록 내가…….

두냐샤 제발 부탁이니, 우리 나중에 얘기하도록 해요. 지금은 나를 좀 내버려 두세요. 지금 난 꿈속에 빠져 있거든요. (부채를 흔들어 댄다.)

에피호도프 매일 내게는 불행한 일이 일어나지만, 나는 그저 웃어넘기고 있다고 자신 있게 말할 수 있습니다.

홀에서 바랴가 들어온다.

바랴 아직도 안 가고 여기 있었군요. 세몬? 정말 어쩔 수 없어요. (두냐샤에게) 너도 나가 있어, 두냐샤. (에피호도프에게) 허락도 없이 당구를 치다가, 당구봉을 부러뜨리질 않나, 이제는 마치 초대받은 손님처럼 뻔뻔하게 응접실을 어슬렁거리고 있군요.

에피호도프 실례지만, 당신이 내게 이래라저래라 명령할 자격은 없습니다.

바랴 이래라저래라 하는 게 아니라 단순하게 있는 사실을 말하고 있는 거야. 그런데 자기 일은 하지 않고 이리저리 쏘다니기만 하니, 뭐하러 관리인을 고용한 건지 알 수가 없군요.

에피호도프 (울컥해져서) 내가 일을 하러 돌아다니든, 밥을 먹든, 당구를 치든, 그에 대해 뭐라고 할 수 있는 사람들은, 오직 분별 있는 웃어

른들뿐입니다.

바랴 감히 나한테 그런 말을 하다니! (격노하며) 당신이 감히 그럴 수가 있어? 당신 말은 나는 아무것도 모른다는 거야? 나가! 당장 여기서 꺼져 버려!

에피호도프 (겁을 집어먹고) 좀 상냥하게 말씀해 주시면 좋겠군요.

바랴 (이성을 잃은 채) 당장 여기서 나가라니까! 당장!

그가 문 쪽으로 간다. 바랴가 그의 뒤를 따라간다.

바랴 '걸어 다니는 불행' 같은 놈! 여기에 다시는 얼씬거리지도 마! 내 눈 앞에 코빼기도 비추지 말란 말이야!

에피호도프가 나간다. 문 뒤에서 그의 목소리가 들린다. "당신을 고발하겠어."

바랴 다시 돌아오는 거냐! (문 옆에 세워 둔 피르스의 지팡이를 집어 들고) 오기만 해 봐라……. 오기만 해 봐……. 본때를 보여 줄 테니까……. 그래, 돌아오는 거냐! 오기만 해 봐라, 이래도? (지팡이를 휘두른다.)

마침 그 순간, 로파힌이 들어온다.

로파힌 아이쿠, 이거 정말 대단한 환영이네요.

바랴 (여전히 화가 난 채 조소하듯) 미안해요!

로파힌 뭘요, 이렇게 유쾌히 맞아 주셔서 무척이나 감사드립니다.

바랴 뭐, 고마워할 것까지는 없어요. (물러선다. 뒤를 돌아보고는 부드러운 목소리로 묻는다.) 다치지는 않으셨나요?

로파힌 아뇨, 괜찮아요. 커다란 혹이 하나 생길지도 모르죠.

홀에서 목소리가 들려온다. "로파힌이 왔어! 예르몰라이 알렉세예비치!"

피쉬크 아무 소식이 없더니 오시긴 오셨군……. (로파힌에게 입을 맞춘다.) 이보게, 코냑 냄새가 나는군. 우리도 여기서 흥겹게 놀고 있는 중이지.

라네프스카야가 들어온다.

라네프스카야 왔군요, 예르몰라이 알렉세예비치. 왜 그렇게 오래 걸렸어요? 그런데 레오니드는 어디 있어요?

로파힌 저와 함께 오셨습니다. 곧 오실 겁니다.

라네프스카야 (초조하게) 그런데 어떻게 됐나요? 영지가 팔렸나요? 어서 말 좀 해 보세요!

로파힌 (당황스러운 듯이, 자신의 기쁨을 숨기려 주저하면서) 경매는 4시경에 끝났습니다……. 그런데 기차를 놓쳐서 9시 반까지 기다릴 수밖에 없었습니다. (무겁게 한숨을 쉬며) 후! 머리가 좀 어지럽군요.

가예프가 들어온다. 오른손으로는 산 물건들을 들고 있고, 왼손으로는 눈물을 닦는다.

라네프스카야 레냐, 어떻게 됐어요? 레냐? (눈물을 글썽이며 초조하게) 어서 말해 주세요, 제발…….

가예프 (아무 대답도 않고 그저 한 손을 내저을 뿐이다. 눈물을 흘리며 피르스에게) 이걸 좀 받아 주게……. 정어리와 흑해산 청어야……. 나는 오늘 아무것도 먹지 못했어……. 어찌나 고생을 했는지 몰라.

당구대가 있는 방의 문이 열려 있고, 당구치는 소리와 야샤의 목소리가 들린다. “7과 8!” 가예프의 표정이 바뀐다. 그는 울음을 그쳤다.

가예프 완전히 지쳤어. 피르스, 옷 갈아입는 걸 도와주게. (홀을 가로질러 나간다. 피르스가 그 뒤를 따른다.)

피쉬크 경매는 어떻게 됐나? 말 좀 해 주게!

라네프스카야 벚꽃 동산이 팔렸나요?

로파힌 팔렸습니다.

라네프스카야 누가 샀나요?

로파힌 제가 샀습니다.

사이.

라네프스카야는 기절하듯 서 있다. 옆에 있는 안락의자와 탁자에 의지하여 간신히 버틴다. 바랴, 허리띠에서 열쇠 꾸러미를 끌러서 응접실 가운데 바닥에 내던지고 나가 버린다.

로파힌 제가 샀습니다! 잠깐 기다려 주십시오, 여러분, 머릿속이 혼란스러워서 말을 할 수 없군요……. (웃는다.) 우리가 경매장에 갔을 때, 거기에 이미 데리가노프 쪽은 벌써 도착해 있었습니다. 가예프 씨는 고작 1만 5천 루블밖에 없었는데, 데리가노프는 부채 위에 3만을 불렀습니다. 사태가 그렇다 보니 내가 그자와 맞붙어 4만을 불렀죠. 이어서 그자는 4만 5천, 나는 5만 5천, 이런 식으로 그가 5천씩, 나는 1만씩 올려 불렀습니다……. 결국 결판이 났습니다. 부채를 더해 9만 루블을 부른 끝에 나에게 낙찰되었습니다. 벚꽃 동산은 이제 나의 것입니다! 나의 것이라고요. (큰 소리로 웃는다.) 오, 하느님, 벚꽃이 제 것이 되었습니다! 제가 술에 취해서 정신이 나갔다고, 이 모든 일이 단순한 착각일 뿐이라고 말입니다. (발을 구른다.) 그렇지만 비웃지 마세요! 만약 우리 아버지와 할아버지가 무덤 속에서 일어나 이 일을 알게 되신다면 어떨까요! 그토록 얻어맞고 다니며 제대로 읽기 쓰기도 못하던 예르몰라이가, 겨울에도 맨발로 뛰어다니던 바로 그 녀석이 세상에서 가장 아름다운 영지를 사들였다, 이겁니다! 나의 할아버지와 아버지가 농노로 있었던, 부엌에조차 들어가지 못했던 바로 그 영지를 내가 사들인 겁니다. 나는 지금 꿈을 꾸고 있는지도 모르겠습니다. 이건 그저 내 환상에 내가 취해 있는 걸지도 모릅니다……. (조용히 열쇠 꾸러미를 주워 든다.) 열쇠를 내던졌군요. 그건 더는 이 집 살림을 할 수 없다는 걸 말하려는 것이겠지요. (열쇠 꾸러미를 흔들어 소리를 낸다.) 그래, 아무려면 어때.

악단이 악기를 조율하는 소리가 들린다.

로파힌 자아, 악사들이여. 연주하시오. 내가 음악을 듣고 싶소! 모두들

와서 보시오. 예르몰라이 로파힌이 벚꽃 동산에 도끼질하여 그 나무가 땅 위로 쓰러지는 꼴을! 우리는 이곳에 별장을 잔뜩 건설하고, 우리의 손자, 증손자들이 여기서 새로운 인생을 시작할 겁니다……. 자, 음악을 연주하시오!

음악이 연주된다. 라네프스카야가 의자에 주저앉아서 슬프게 운다.

로파힌 (질책하듯이) 도대체 왜, 당신은 내 말을 듣지 않으셨습니까? 가련하고 착하신 부인, 이제는 더는 돌이킬 수 없습니다. (눈물을 흘리며) 아, 어서 모든 게 지나가 버렸으면, 우리의 꼴사납고 불행한 인생이 달라질 수 있다면.

피쉬크 (그의 팔을 잡으며 낮은 목소리로) 부인이 울고 계시네. 지금은 혼자 계시도록 두고서 응접실로 가세, 혼자 계시는 게……. (그의 팔을 붙잡고 응접실로 데려간다.)

로파힌 그게 뭐야? 악사, 좀 더 시원시원하게 음악을 연주하라고! 이제는 뭐든지 내가 시키는 대로 하란 말이야! (야유하듯) 벚꽃 동산의 새로운 영주께서 납신다! (무심코 탁자와 부딪혀서 촛대를 넘어뜨릴 뻔한다.) 나는 뭐든 다 돈으로 살 수 있다고! (피쉬크와 나간다.)

홀과 응접실이 텅 빈다. 라네프스카야만이 홀로 남아, 몸을 잔뜩 움츠리고 앉은 채 슬피 울고 있다. 낮은 음악 소리. 아냐와 트로피모프가 빠른 걸음으로 들어온다. 아냐는 어머니에게 다가가 그 앞에 무릎을 꿇는다. 트로피모프는 홀 입구에 멈춰 선다.

아냐 어머니! 어머니, 울고 계세요? 아름답고 착한 어머니, 어머니를 사랑해요……. 어머니를 축복해요. 벚꽃 동산은 팔렸고, 이제는 없어요. 그건……. 그건, 어쩔 수 없는 사실이에요. 하지만 울지 마세요. 어머니. 어머니에게 앞으로의 삶이 남아 있어요. 어머니의 상냥하고 순수한 영혼이 있잖아요. 떠나요. 저와 함께 떠나요, 어머니. 이곳보다 더 아름다운 동산을 만들어요. 새로운 동산을 보시면, 기쁨이, 깊고 고요하고 편안한 기쁨이 어머니의 영혼에 깃들 거예요. 마치 황혼 무렵의 태양처럼 미소 짓게 될 거예요. 어머니! 우리 함께 떠나요. 어머니! 우리 함께 가요!

막이 내린다.

4막

1막과 같은 무대. 그러나 창문 커튼도, 그림 한 장도 걸려 있지 않다. 단지 가구 몇 가지만이 팔려고 내놓은 듯 한쪽 구석에 쌓여 있다. 공허한 느낌이다. 무대 뒤쪽 출입문 근처에 여행 가방과 꾸러미가 쌓여 있다. 왼쪽 문이 열려 있고, 그곳을 통해 바랴와 아냐의 목소리가 들린다. 로파힌은 서서 기다리고 있다. 야샤는 샴페인이 담긴 잔들을 쟁반에 받쳐 들고 있다. 현관에서는 에피호도프가 상자를 묶고 있다. 무대 뒤에서는 왁자지껄한 소리가 들린다. 농부들이 작별 인사를 하러 왔다. 가예프의 목소리가 들린다. "고맙네, 이보게들. 고마워."

야샤 마을 농부들이 작별 인사를 하러 왔나 봅니다. 로파힌, 제 생각에 저들은 선량하긴 하지만 말귀를 잘 못 알아듣는 것 같습니다.

왁자지껄 떠드는 소리가 잦아든다. 현관에서 라네프스카야와 가예프가 등장한다. 그녀는 울고 있지는 않지만 안색이 창백하다. 얼굴에 경련이 일어난 그녀는 어떤 말도 거의 하지 못한다.

가예프 그래서는 안 되는데, 너는 저들에게 아예 돈지갑 채로 내주더구나, 류바! 그래서는 안 돼! 안 된다고!

라네프스카야 나도 어쩔 수 없었어요! 어쩔 수 없어요!

두 사람, 나간다.

로파힌 (그들이 나간 문 뒤로) 제발, 이렇게 부탁드립니다. 이별을 기념하는 의미에서 한 잔씩만 하십시오. 시내에서 구해 온다는 걸 깜빡 잊어서, 역 앞에서 겨우 한 병 구해 온 거예요. 부탁입니다! (사이) 여러분, 왜들 그러십니까? 안 드신다고요? (문에서 물러난다.) 이럴 줄 알았으면 사 오지 않는 건데. 그럼 나도 마시지 않겠어.

야샤가 쟁반을 조심스럽게 탁자 위에 놓는다.

로파힌 야샤, 너라도 마시지 그래.

야샤 그렇다면 떠나시는 분들을 위하여! 그리고 남는 분들의 행운을 빌면서! (마신다.) 이건 진짜 샴페인이 아닌데요. 내 장담합니다.

로파힌 한 병에 8루블이나 준 건데. (사이) 여긴 지독하게도 춥군.

야샤 어차피 떠나실 거라서 난롯불을 피우지 않았어요. (웃는다.)

로파힌 왜, 뭐가 그렇게 우스운가?

야샤 기분이 좋아서 그럽니다.

로파힌 벌써 10월인데, 바깥은 여름처럼 햇볕이 내리쬐고 조용한 게 꼭 여름 같군. 일하기에 딱 맞은 날씨야. (시계를 보고 문을 향해서) 여러분, 서두르셔야 합니다. 기차 시각까지 겨우 46분 남았습니다! 그러니까 20분 뒤에는 역으로 떠나야 합니다. 슬슬 서두르셔야 합니다.

외투를 입은 트로피모프가 마당에서 들어온다.

트로피모프 벌써 떠날 때가 된 것 같군요. 말도 준비됐으니. 그런데 대체 내 덧신이 어디로 갔는지 모르겠어요. (문을 향해서) 아냐, 내 덧신이 없어! 찾을 수가 없어!

로파힌 나는 일 때문에 하리코프로 갑니다. 당신들과 같은 기차를 타고 갈 거예요. 하리코프에서 이번 겨울을 보낼 계획이거든요. 요새 아무것도 하지 않고 이 집 사람들과 어울렸더니 몸이 녹슨 것 같아요. 나는 일을 하지 않을 수 없습니다. 뭐라도 하지 않으면 두 손이 마치 남의 손같이 어색해서 견딜 수가 없다니까요.

트로피모프 이제 우리가 떠나가면, 당신도 그전처럼 유익한 사업을 다시 시작하게 될 겁니다.

로파힌 자, 한잔하시죠.

트로피모프 전 됐습니다.

로파힌 그럼, 당신은 모스크바로 가게 되나요?

트로피모프 네. 저분들을 시내까지 전송하고, 나는 내일 모스크바로 떠날 계획입니다.

로파힌 그렇군요……. 하기는 교수들이 자네가 오기를 기다리면서 내내 강의를 쉬고 있을 걸요.

트로피모프 당신이 참견할 게 아닙니다.

로파힌 도대체 대학에서 공부한 지 몇 년이나 됐나요?

트로피모프 좀 새로운 얘길 해 보시죠. 그건 낡고 식상한 소리니까. (이리저리 덧신을 찾는다.) 아마 우리는 다시 만날 일이 없을 겁니다. 작별하는 마당이니 당신에게 충고 한마디만 하지요. 어디서든 너무 활개치고 다니려 하지 마세요. 그런 버릇은 버려야 해요. 그러니까 별장 짓는 것도 그렇고, 별장 거주인들이 시간이 지나면 독립된 농장 경영자가 될 거라는 기대, 그렇게 생각하는 것도 다 똑같아요……. 어쨌든, 난 당신이 좋아요. 당신의 손가락은 마치 배우처럼 가늘고 부드럽고, 그 마음도 꼭 그렇지요.

로파힌 (그를 껴안는다.) 잘 가시오, 여러 가지로 고마웠어요. 필요하다면 여비를 좀 줄 수도 있는데요. 어떠세요?

트로피모프 내가 뭐하러? 필요 없어요.

로파힌 그렇지만 동전 한 푼 없을 텐데요.

트로피모프 마음은 고맙지만, 번역료를 좀 받은 돈이 있어요. 여기 이 주머니 안에 있습니다. (초조하게) 그런데 내 덧신은 어디 있는 거지!

바랴 (옆방에서) 이 낡디낡은 당신 물건 가져가요! (무대로 덧신 한 켤레를 던진다.)

트로피모프 왜 그리 화를 내는 거야, 바랴? 음……. 이건 내 덧신이 아닌데!

로파힌 지난봄에 양귀비를 3천 에이커쯤 되는 땅에 심어서 4만 루블의 순이익을 얻었지요. 양귀비꽃이 활짝 피었을 때는 정말 볼만했는데! 그래서, 내가 4만 루블을 벌었어요. 그러니까 여비를 좀 주겠다는데, 뭘 그리 고집을 부리시나요? 난 그저……. 평범한 농부란 말입니다.

트로피모프 당신 아버지가 농부였고, 내 아버지는 약사였다는 것에는 아무런 의미도 없는 거예요.

로파힌, 돈지갑을 꺼내 든다.

트로피모프 그만, 그만하세요……. 당신이 내게 2만 루블을 준대도 받을 생각이 없어요. 난 자유로운 인간이에요. 당신들이, 부자든 가난뱅이든 모두가 다 같이 귀하다고 여기며 애지중지하는 그것들이 내게는 바람에 흔들리는 저 솜털만큼이나 하찮을 뿐이에요. 당신들 없이도 나는 잘 살 수 있고, 당신들에게 신경 쓰지 않은 채 강하고 당당할 수 있어요. 인류란 이 지상에서 가장 최고의 진리, 최상의 행복을 향해 나아가고 있어요. 그 맨 앞줄에 내가 있습니다!

로파힌 그곳에 다다를 수 있을까요?

트로피모프 도달할 수 있어요. (사이) 내가 반드시 도달해서 사람들에게 내가 도착한 그 길을 알려 줄 거예요.

도끼로 나무 찍는 소리가 멀리서 들려온다.

로파힌 그렇다면 잘 가세요. 우리는 남들 앞에서 서로 잘난 체하고 있지만, 지금 이 순간에도 인생은 무심히 흘러가고 있지요. 오랫동안 피곤한 줄도 모르고 일에 열중하다 보면, 생각이 단순해지면서 내가 왜 이 세상에 존재하는지 알 것만 같아요. 그런데 러시아에는 왜 자신이 존재하는지 모르는 사람들이 얼마나 많은지 몰라요. 사실 그런 것을 모른다 해도 세상은 잘 돌아가지만 말이죠. 레오니드 안드레예비치 씨가 연봉 6천 루블에 은행에서 일하기로 했다고 하던데……. 오래 버티지는 못할 거예요. 여간 게을러야지요.

아냐 (문가에서) 어머니가 떠날 때까지만이라도 동산의 나무를 베지 말아 달라고 어머니가 부탁하셨어요.

트로피모프 정말 그만한 눈치도 없나요? (현관으로 나간다.)

로파힌 지금, 당장……. 당장 그렇게 하지. (그의 뒤를 따라 나간다.)

아냐 피르스는 병원에 보냈어?

야샤 아침에 그렇게 말해 두었으니, 갔을 겁니다.

아냐 (홀을 지나가는 에피호도프에게) 세몬 판텔레예비치, 피르스를 병원에 보냈는지 좀 알아봐 주시죠.

야샤 (모욕감을 느낀 듯이) 아침에 예고르에게 말해 놨다니까요. 대체 같은 말을 몇 번이나 묻는 겁니까!

에피호도프 제 생각을 말씀드리자면, 피르스는 충분히 오래 살았으니 병원에 보내도 소용이 없을 겁니다. 차라리 조상들한테 보내는 게 나을 겁니다. 저는 그자가 오히려 부럽군요. (여행 가방을 모자 상자 위에 놓아 상자가 찌그러진다.) 그럼, 그렇지. 항상 이렇다니까요. (나간다.)

야샤 (조소하듯이) 걸어 다니는 불행…….

바랴 (문 뒤에서) 피르스를 병원에 보냈다니?

아냐 응, 보냈대.

바랴 그런데 어째서 의사한테 편지를 안 가져갔지?

아냐 그럼 뒤따라가서 전해 줘야지……. (나간다.)

바랴 (옆방에서) 야샤는 어디 있지? 그에게 전해 줘. 어머니가 작별 인사를 하고 싶어 하신다고.

야샤 (손을 내저으며) 정말 참을 수가 없군.

두냐샤, 내내 짐 꾸러미 옆에서 바삐 움직이다가 야샤만 혼자 남자 그에게 다가간다.

두냐샤 한 번만이라도 내게 눈길을 주실 수는 없나요. 야샤, 당신이 떠난다니……. 나를 버리고……. (눈물을 흘리며 그의 목에 매달린다.)

야샤 대체 운다고 무슨 소용이 있어? (샴페인을 마신다.) 엿새 후에는 나는 다시 파리에 도착하게 돼. 내일이면 급행열차를 타고 눈 깜짝할 사이에 닿는 거지. 마치 꿈만 같군. Vive la France(프랑스 만세)! 여기는 나와 맞지 않아, 더 이상은 못 살겠어……. 어쩔 수가 없어. 이런 무식한 동네는 진절머리가 나. (샴페인을 마신다.) 울긴 왜 우는 거야? 좀 더 양식 있게 행동해야지.

두냐샤 (손거울을 보면서 얼굴에 분을 바른다.) 파리에 도착하면 편지 보내 줘요. 야샤, 아시죠? 전 당신을 사랑했어요, 정말로! 저는 예민한 여자예요, 야샤!

야샤 사람들이 오는군. (짐을 부지런히 꾸리며 나즈막하게 콧노래를 흥얼거린다.)

라네프스카야, 가예프, 아냐, 샤를로타 이바노브나가 들어온다.

가예프 떠날 때가 얼마 남지 않았어. (야샤를 보면서) 누구한테서 이렇게 청어 냄새가 솔솔 나는 거야!

라네프스카야 마차를 타려면 아직 10분쯤은 시간이 있어요……. (방 안을 둘러본다.) 안녕, 사랑하는 늙은 할아범, 겨울이 가고 봄이 오면 너는 사라져 더 이상 이 세상의 것이 아니겠지. 이 벽들은 얼마나 많은 일들이 지나가는 것을 지켜보았을까! (딸에게 뜨겁게 키스한다.) 나의 보물, 너는 빛나는구나, 너의 눈은 다이아몬드처럼 반짝거려. 기분은 괜찮니? 정말로?

아냐 무척 좋아요! 새로운 생활이 시작되는 거예요. 어머니!

가예프 (유쾌하게) 사실, 이제야 모든 게 잘 해결되는 것 같구나. 벚꽃 동산이 팔리기 전에는 우리 모두 흥분하고 괴로워했지. 하지만 모든 문제가 완전히 마무리되고 나니 마음도 편안해지고 예전의 활력을 되찾은 것 같구나……. 앞으로 난 은행원이야. 이제 금융가인 셈이지. 노란 공을 가운데로. 그리고 류바, 너도 혈색이 좋아 보이는구나. 확실히 그렇다.

라네프스카야 맞아요. 마음이 훨씬 편해졌어요. 사실이에요.

모자와 외투를 받아 든다.

라네프스카야 이젠 잠도 잘 자요. 내 짐을 밖으로 날라 줘, 야샤. 시간이 됐어. (아냐에게) 내 딸아, 우리는 곧 다시 만날 수 있을 거다……. 나는 파리로 가서 야로슬라블에 계신 할머니가 영지를 사라고 보내 주신 돈으로 생활할 거야. 그나마 할머니께 감사드려야지! 하지만 그 돈으로는 오래 지탱하지 못할 거야.

아냐 어머니, 곧 돌아오시는 거죠, 곧……. 그렇죠? 저도 시험 준비를 해서 학교에 입학하겠어요. 그런 다음, 일을 해서 어머니를 돕겠어요. 어머니, 우리 함께 재미있는 책을 마음껏 읽어요. 그러실 거죠? (어머니의 손에 입 맞춘다.) 가을밤이면 우리 함께 책을 읽는 거예요. 많은 책을 읽고 나면 새롭고 경이로운 세계가 우리 앞에 펼쳐지겠죠. (꿈꾸듯이) 어머니, 꼭 돌아오셔야 해요…….

라네프스카야 돌아올 거다. 소중한 나의 딸. (딸을 껴안는다.)

로파힌이 들어온다. 샤를로타가 조용히 노래를 부른다.

가예프 노래를 부르는 걸 보니 샤를로타도 기분이 좋은가 보구나.

샤를로타 (꾸러미를 아기처럼 안아 든다.) 자장, 자장, 우리 아기, 사랑하는 우리 아기.

복화술로 아기 울음소리를 낸다. "응애, 응애."

샤를로타 뚝! 불쌍한 우리 아가! (꾸러미를 원래 있던 자리로 던진다.) 제발 제 일자리 좀 구해 주세요. 이렇게 살 수는 없는 노릇이니.

로파힌 곧 구하게 될 거예요, 샤를로타 이바노브나. 걱정 말아요.

가예프 모두 우리를 버리고 떠나는군. 바랴도 떠날 테고……. 우린 한 순간에 불필요한 인간이 돼 버렸어.

샤를로타 시내에는 제가 살 만한 곳이 없어요. 그래도 떠날 수밖에 없겠지만……. (콧노래를 흥얼거린다.) 뭐, 아무려면 어떻겠어요.

피쉬크가 들어온다.

로파힌 오, 자연의 걸작품……!

피쉬크 (헐떡거리며) 오, 맙소사. 힘들어……. 아아……. 누가 물 좀 주세요.

가예프 뭐야? 또 돈을 빌리러 왔나? 지겹군. 피하는 게 상책이야……. (나간다.)

피쉬크 오래간만입니다……. 부인……. (로파힌에게) 자네도 여기 있었나……. 반갑네……. 정말로 똑똑한 양반이야……. 자, 어서 받게……. 받으라고……. (로파힌에게 돈을 준다.) 400루블이야……. 아직도 840루블이 남았군…….

로파힌 (어리둥절해서 어깨를 움찔한다.) 꿈이라도 꾸는 건가……. 도대체 돈이 어디서 난 겁니까?

피쉬크 잠깐만……. 정말 덥군……. 누구도 생각지도 못한 일이 일어났다네. 영국 사람들이 와서는 우리 땅에 백점토가 매장돼 있다지 뭐야……. (라네프스카야를 향해) 부인께서도 400루블을 받으세요. (돈을 건넨다.) 나머지 돈은 다음에 갚겠습니다. (물을 마신다.) 방금 전 기차 안에서 어떤 젊은이가 이렇게 말하더군. 그 어떤……. 위대한 철학자는 사람들보고 지붕에서 뛰어내리라고……. 그러니까 "뛰어내려라!" 하고, 그러면 만사가 해결된다고. (놀란 표정으로) 굉장하지 않은가? 아, 물!

로파힌 영국 사람들이 뭐라고 했다고?

피쉬크 그 사람들에게 점토가 묻혀 있는 땅을 24년 동안 빌려 주기로 했네……. 그러니 지금, 미안하지만, 이럴 시간이 없네……. 가 봐야 해. 즈노이코프한테도, 카르다모노프한테도, 빚을 진 사람들한테……. (물을 마신다.) 그럼, 안녕히 계십시오……. 목요일에 다시 들르겠습니다.

라네프스카야 우린 곧 시내로 떠날 참이에요. 난 내일쯤 외국에 있을 거예요.

피쉬크 뭐라고요? (놀란다.) 시내라뇨? 그래서 가구니…… 여행 가방이니…… 그렇군요……. (눈물을 글썽이며) 그 영국인들 말입니다……. 아주 똑똑한 사람들이더라고요……. 그렇군요. 부디 행복하세요……. 하느님의 은총이 함께하시길……. 그래요. 이 세상 모든 일에는 끝이 있는 거니까요. (라네프스카야의 손에 입을 맞춘다.) 만약 제가 끝났다는 소문이 여러분 귀에까지 들어가거든, 바로 이…… 말을 떠올리면서 "그래, 시메오노프 피쉬크라는 사람도 있었지……. 명복을 빕니다." 라고 말해 주시기 바랍니다. (몹시 충격을 받은 채 퇴장했다가 곧 다시 되돌아와 문 위에서) 다셴카가 안부를 전해달라는군요! (퇴장한다.)

라네프스카야 이제 떠나야겠군. 그렇지만 마음에 걸리는 게 두 가지 있어요. 첫째는 병든 피르스예요. (잠깐 시계를 보고) 아직 시간이……. 5분쯤 더 있을 수 있겠는데…….

아냐 어머니, 피르스는 이미 병원에 갔어요. 야샤가 아침에 보냈어요.

라네프스카야 두 번째로 걱정되는 것은 바랴예요. 그 아이는 아침부터 항상 일찍 일어나 일을 하는 게 몸에 밴 아인데 지금은 할 일이 없어져서 물을 떠난 물고기 신세가 되고 말았어요. 창백하게 야윈 데다가 가엾게도 자꾸 울고만 있으니, 불쌍한 것…….

사이.

라네프스카야 로파힌, 당신도 그걸 잘 알고 있을 거예요. 나는 그 아이를 당신에게 시집보냈으면 했어요. 당신도 그럴 맘이 있었구요. (아냐에게 귓속말을 한다. 아냐, 샤를로타에게 고개를 끄덕인 후 두 사람이 나간다.) 바랴는 당신을 사랑해요. 당신에게 딱 어울리는 배필이잖아요. 그런데도 내가 도무지 알 수 없는 것은, 어째서 두 사람은 서로를 피하려고만 드는 건가요? 이해할 수가 없네요!

로파힌 솔직히 말씀드리면, 저 자신도 그 이유를 모르겠습니다. 어쩐지 모든 게 이상하기만 해서……. 만약 아직 시간이 있다면 지금이라도 당장……. 네, 이 기회에 당장 매듭을 지어야겠습니다. 부인이 안 계시면 아무래도 청혼할 자신이 없을 것 같아서요.

라네프스카야 좋아요. 단 1분이면 충분해요. 지금 바로 바랴를 부르겠어요…….

로파힌 마침 샴페인도 있으니……. (술잔을 보고는) 비었잖아! 누군가 다 마셔 버렸어.

야샤가 마른기침을 한다.

로파힌 염치도 없이 다 마셔 버리다니…….

라네프스카야 (활기차게) 아주 좋아요. 우리는 이제 나가 보죠……. 야샤, allez(프랑스어. 가자)! 바랴를 곧 부를게요. (문 쪽을 향해) 바랴, 거긴 놔두고 이리 와라. 어서! (야샤와 함께 나간다.)

로파힌 (시계를 보고는) 좋았어…….

사이.

문 뒤에서 웃음을 참는 소리와 속삭이는 소리. 이어서 바랴가 들어온다.

바랴 (말없이 짐을 살펴본다.) 이상한데, 도저히 찾을 수가 없네요.

로파힌 뭘 찾고 있습니까?

바랴 내가 직접 챙겨 놓고도 기억이 나질 않아요.

사이.

로파힌 이제 당신은 어디로 갈 생각이죠, 바르바라 미하일로브나 양?

바랴 저요? 라굴린 댁으로요……. 그 집안 살림을 돌봐 주기로 했거든요. 가정부 같은 일이죠.

로파힌 야쉬네보로 가는군요? 여기서 70마일쯤 떨어진 곳입니다. (사이) 마침내 이 집에서의 생활도 끝나는군요.

바랴 (물건들을 들춰 보면서) 대체 어디 있지……. 혹시 트렁크에 넣어 뒀을까? 그래요. 이제 이 집 생활도 끝나는 거예요. 다시는 돌아오지 오지 않을 테니까…….

로파힌 나는 이제 곧 하리코프로 떠납니다. 부인 일행과 같은 기차로요. 할 일이 많거든요. 이곳에는 에피호도프를 남겨 둘 겁니다. 그 친구를 고용했습니다.

바랴 그래요, 그렇군요!

로파힌 작년 이맘때에 눈이 내렸던 것을 기억하나요? 그런데 올해는 날이 조용하고 화창하군요. 약간 쌀쌀하기는 한데……. 영하 3도쯤 되겠어요.

사이.

밖에서 부르는 소리가 들린다. "예르몰라이 알렉세예비치."

바랴 몰랐어요. (사이) 우리 집 온도계가 망가졌거든요.

로파힌 (마치 오랫동안 기다렸다는 듯이) 곧 나갑니다! (서둘러 나간다.)

바랴, 마룻바닥에 털썩 주저앉아 옷 보따리에 머리를 묻고 조용히 흐느낀다. 문이 열리고 라네프스카야가 조심스럽게 들어온다.

라네프스카야 얘야, 어떻게 됐니?

사이.

라네프스카야 우리는 이제 떠나야겠다.

바랴 (울음을 그치고 눈물을 닦는다.) 네. 시간이 됐어요, 어머니. 전 오늘 중으로 라굴린 댁으로 가려면, 기차를 놓쳐선 안 돼요…….

라네프스카야 (문을 향해서) 아냐, 어서 옷 입으렴.

아냐, 가예프, 샤를로타가 들어온다. 가예프는 방한용 모자가 달린 따뜻한 외투를 입고 있다. 하인과 마부들이 모여든다. 에피호도프가 짐 주위에서 바쁘게 움직인다.

라네프스카야 이제 떠나야지.

아냐 (기쁜 목소리로) 출발!

가예프 오, 사랑하는 나의 벗이여! 친애하는 나의 벗들이여! 이 집을 영원히 떠나는 지금, 내 어찌 가만히 있겠소! 내 안을 가득 채우고 있는 이, 고별의 감정을 어찌 피력하지 않을 수 있으리오.

아냐 (간청하듯) 외삼촌!

바랴 외삼촌, 제발 그만하세요!

가예프 (의기소침해서) 원 쿠션으로 빨간 공을 가운데로……. 그래, 입 다물고 있으마…….

트로피모프, 로파힌이 들어온다.

트로피모프 뭘 하십니까, 여러분. 떠날 시간입니다!

로파힌 에피호도프, 내 외투!

라네프스카야 1분만! 1분만 더 앉아 있을게요. 그동안 이 집 벽이며 천장이 어떻게 생겼는지 제대로 본 적이 단 한 번도 없는 것 같아요. 그래서 지금이라도 애정을 담아서 꼼꼼히 보려고요.

가예프 내가 여섯 살 무렵, 오순절 첫날에 이 창가에 앉아서 아버지께서 교회에 가시는 것을 바라본 기억이 나는군.

라네프스카야 짐은 모두 옮겨 실었나요?

로파힌 그런 것 같군요. (외투를 입으면서 에피호도프에게) 에피호도프, 모두 제대로 정리가 됐는지 잘 확인하게.

에피호도프 (쉰 목소리로) 걱정 마시고 제게 맡기십시오, 예르몰라이 알렉세예비치!

로파힌 목소리가 왜 그래?

에피호도프 방금 물을 마시다가 뭔가를 삼켜서요.

야샤 (미심쩍다는 듯이) 바보 같은 놈…….

라네프스카야 자, 갑시다. 우리가 떠나면 여기엔 아무도 남지 않는군요.

로파힌 봄이 오기 전까지는 그렇겠지요.

바랴, 짐 보따리에서 우산을 꺼내 마치 누군가에게 휘두를 듯 높이 치켜 든다. 로파힌이 그 모습을 보고 놀란 시늉을 한다.

바랴 무슨 짓입니까? 그럴 생각을 한 건 아니에요.

트로피모프 여러분, 모두 가서 마차를 타시죠. 늦겠습니다! 곧 기차가 도착할 겁니다!

바랴 페챠, 여기 트렁크 옆에 당신 덧신이 있군요. (눈물을 글썽거리며) 어쩜, 이렇게 다 낡고 더러울까…….

트로피모프 (덧신을 신으면서) 자, 가시죠! 여러분!

가예프 (몹시 흥분해 금방이라도 울음을 터뜨릴 것처럼) 기차는……. 역은……. 가운데를 가로질러, 흰 공을 투 쿠션으로 구석으로!

라네프스카야 어서 가요!

로파힌 모두 나오셨습니까? 저쪽에는 아무도 없지요? (왼쪽 문을 잠근다.) 여기에 물건을 쌓아 놨으니, 잠가야 합니다. 자, 가시죠!

아냐 안녕, 나의 집아! 안녕, 낡은 생활이여!

트로피모프 만세, 어서 오라! 새로운 인생이여. (아냐와 함께 퇴장한다.)

바랴는 집 안을 한 번 둘러본 후 천천히 걸어 나간다. 야샤와 자기 개를 데리고 샤를로타가 나간다.

로파힌 자, 그럼 봄이 올 때까지 안녕이다. (나간다.)

라네프스카야와 가예프 두 사람만 남아 있다.
그들은 마치 이 순간을 기다렸다는 듯이 서로 부둥켜안고, 다른 사람들이 들을까 숨죽여 흐느낀다.

가예프 (절망적으로) 아, 아, 류바……. 나의 동생아…….

라네프스카야 오, 사랑하는 아름다운 나의 동산……! 이제는 죽어 버린, 나의 인생, 나의 젊음, 나의 행복이여, 안녕! 안녕!

"엄마." 쾌활하게 재촉하는 아냐의 목소리.
"어서 나오세요!" 쾌활하게 흥분이 담긴 트로피모프의 목소리.

라네프스카야 저 벽과 창문을 마지막으로 한 번 더 보겠어……. 돌아가신 어머니는 이 방 안을 거니는 것을 좋아하셨는데…….

가예프 류바, 나의 동생아……!

"엄마!" 아냐의 목소리.
"서두르세요!" 트로피모프의 목소리.

라네프스카야 그래, 나가마!

텅 빈 무대. 모든 방마다 자물쇠 채우는 소리가 난다. 그 후, 마차 떠나는 소리. 조용해진다. 정적 속에서 나무에 도끼질하는 둔탁한 소리가 쓸

쓸하게 울린다.

발소리가 들린다. 오른쪽 문에서 피르스가 모습을 나타낸다. 항상 그랬듯이 그는 양복에 흰 조끼를 입고 슬리퍼를 신고 있다. 병색이 완연하다.

피르스 (문으로 다가가 손잡이를 만져 본다.) 잠겼군. 다들 떠났어……. (소파에 앉는다.) 나를 잊어버렸군……. 뭐, 괜찮아. 여기에 좀 앉아야겠군……. 레오니드 안드레예비치 나리는 또 모피 외투가 아니라 얇은 코트만 입고 가셨을 거야……. (걱정스러운 듯 한숨을 쉰다.) 내가 보살펴 주어야 하는데……. 젊은 사람들은 정말 어쩔 수 없다니까! (알아들을 수 없는 소리를 웅얼거린다.) 한 평생을 살았지만, 마치 거짓말처럼 금방 지나가 버렸어……. (눕는다.) 조금만 누워야겠어……. 기운이 하나도 없군. 아무것도 남은 게 없다니. 아무것도……. 에이, 얼간이 같으니……. (미동도 없이 누워 있다.)

마치 하늘에서 들려오는 듯, 멀리서 줄이 끊어지는 소리가 아득히 울리고 나서 잦아든다. 정적. 뒤이어 벚꽃 동산 먼 곳에서 나무에 도끼질하는 소리만 은은히 들려온다.

막이 내린다.

체호프적 분위기의 미학

체호프 희곡은 그만의 독특한 분위기가 담겨 있다. 특별한 줄거리 없이 일상적인 대화와 평범한 상황이 만들어 내는 독특한 분위기가 그의 드라마에서 중요한 요소로 작용한다.

'체호프적 분위기'라고 불리는 이 기법은 언뜻 보면 기승전결의 파괴, 갈등 없는 무미건조한 흐름으로 느껴지곤 한다. 하지만 뚜렷한 줄거리나 사건도 없이 인물의 일상생활과 대화, 서로 다른 캐릭터들이 부딪쳐 만들어 내는 여러 관계가 한편의 서정시를 보듯 무대의 분위기를 점차 고조시킨다.

새로운 형식의 분위기극 창조

서정적이고 간결한 대사, 대사 사이의 침묵, 다양한 효과음, 치밀하게 계산된 대화의 묘미, 다면적인 무대의 사용 등 다양한 극작 기법들이 이러한 분위기를 만들어 내기 위해 사용된다. 무엇보다 체호프적 분위기는 특유의 잔잔하고 애수에 찬 느낌을 주면서도 불명료한 긴박감과 박력을 독자들에게 제공한다.

초창기 비평가들은 체호프의 이러한 기법을 '애매모호한 느낌', '수수께끼 같은 이야기', '주제도, 플롯도, 행동도 없는 드라마'라고 혹평하기도 했다.

그러나 체호프가 시도한 새로운 형식으로서의 분위기극은 전통적인 드라마의 보편성을 극복한 문학의 개혁이었고, 이는 체호프를 20세기를 대표하는 극작가로 자리매김하였다.

작품 소개

갈매기

1896년에 완성하여 페테르부르크의 알렉산드리스키 극장에서 초연된 이 작품은 처음에는 체호프에게 실패를 안겨 주었던 작품이었다. '더 이상 나는 내 희곡이 극장에서 상연되도록 하지 않을 것이다. 이걸로 끝이다. 이 분야에는 자신이 없다.'라고 말했을 정도로 체호프는 실망했다.

그러나 이 작품은 2년 뒤 모스크바예술극장에서 화려한 비상을 하듯 대성공을 거둔다. 네미로비치 단첸코의 강력한 추천과 스타니슬랍스키의 과감한 작품 해석, 연출을 통해 모스크바예술극장 창단 공연에서 관중과 비평가들의 찬사와 환호를 받게 되었다.

작품의 기본 플롯, 사랑

'사랑과 예술에 대한 이야기'라고 체호프 자신이 언급했듯이 〈갈매기〉에는 다양한 양상의 사랑 이야기가 나오고 예술에 대한 문제도 제기되고 있다.

총 4막으로 구성된 〈갈매기〉의 기본 플롯은 사랑이다. 그런데 사랑의 화살표가 향하는 구도가 복잡한 연결망을 만들어 낸다. 네 명의 여성과 여섯 명의 남성, 총 열 명의 등장인물이 모두 이 사랑이라는 감정의 사슬에 얽혀 있다.

사랑의 복잡한 연결망 역할을 하는 등장인물

작품은 아르카지나의 영지에서 가정극이 준비되는 장면으로 시작한다. 매력적인 유명 여배우인 아르카지나는 오래전 남편과 헤어지고 연하의 유명 작가 트리고린과 연인 관계를 맺고 있다. 나이가 들었음에도 그녀는 자신이 아직 젊다고 생각하는 구두쇠이다.

아르카지나의 아들 트레플료프는 새로운 형식의 연극을 준비한다. 어머니를 위한 특별한 공연이다. 이 공연에는 트레플료프가 사랑하는 이웃 마을 처녀 니나가 단독 배역으로 출연한다. 독특한 무대 배경과 니나의 어두운 대사 내용을 듣고 아르카지나는 '데카당 같다'고 지나가는 말로 평했지만 무시당했다고 생각한 트레플료프는 돌연 화를 내고 중간에 막을 내리고 사라져 버린다.

한편 니나는 아르카지나와 함께 연극을 감상했던 작가 트리고린에게 관심을 갖게 된다. 여배우가 되려는 야망과 유명 작가에 대한 동경이 기이한 애정으로 변한 것이다. 아르카지나와 트리고린이 모스크바로 떠날 때 트리고린은 아무도 몰래 니나에게 모스크바의 거처를 알려 주고 결국 두 사람은 모스크바에서 사랑을 나누며 함께 생활하게 된다. 니나는 결국 여배우가 되지만 트리고린과 헤어지게 되고 순탄치 않은 생활로 삼류 배우로 전락하고 만다.

시간이 흐르고 트레플료프는 유명 작가가 되지만 니나는 죄 많은 여인처럼 시골에 돌아온다. 트레플료프를 사랑했던 영지 관리인의 딸 마샤는 그녀에게 일방적인 구애를 한 학교 선생인 메드베젠코와 마음에도 없는 결혼을 한다. 운명의 장난인지 아르카지나와 트리고린은 다시 만나게 되고 오빠 소린의 병색이 좋지 않아 다시 영지로 내려온다. 트레플료프는 니나에게 과거를 잊고 자신의 사랑을 받아줄 것을 애원하지만 이미 몸과 마음과 망가진 니나는 그의 사랑을 거절한다. 결국 트레플료프는 스스로 목숨을 끊고 만다. 그날 밤 코스챠는 그녀에게 다시 시작해 볼 것을 제안하지만 이미 망가질 대로 망가진 니나는 그의 살랑을 거절한다. 결국 코스챠는 스스로 목숨을 끊는다.

이처럼 이 작품의 중심적 흐름은 남녀 간의 사랑이다. 사랑 때문에 울고 웃고 괴로워하는 감정의 소용돌이가 무대 안과 밖에서 직간접적으로 휘몰아치고 있는 작품이다.

벚꽃 동산

〈벚꽃 동산〉은 체호프가 마지막으로 창작한 희곡이자 그의 드라마의 정점이라 평가받는 작품이다. 체호프는 1901년 건강이 안 좋은 상태에서 이 작품을 시작하여 3년에 걸쳐 썼고 다듬었다. 이 과정에서 모스크바 예술극장의 무대 상연을 염두에 두고 인물 설정이며 배경을 조절했고, 스타니슬랍스키의 조언과 연출 의도에 따라 대본을 수차례 수정하기도 했다.

1904년 1월, 모스크바 예술극장에서 〈벚꽃 동산〉이 초연되었고 와병 중이었던 체호프는 불편한 몸을 이끌고 와 감상하였다. 그해 7월에 독일에서 숨을 거두었으니 이 작품이야말로 체호프의 마지막 작품이 된 것이다.

화려했던 귀족 세계 상징

〈벚꽃 동산〉에서는 구(舊)세계가 파멸해 가는 과정과 몰락한 귀족 계급이 역사와 사회로부터 희미하게 사라져 가는 모습, 그리고 새롭게 등장하는 신흥 자본주의 상인 계층의 출현을 심도 있게 다루고 있다. 무대의 배경인 눈부시게 아름다운 벚꽃 동산은 한때 화려했던 귀족 세계를 상징하며 작품 전체의 배경이자 주제를 관통하는 핵심 모티프이다.

이 희곡에 등장하는 주요 인물은 몰락한 귀족 류보피 안드레예브나 라네프스카야와 그녀의 오빠 가예프이다. 이 가족이 소유했던 영지에는 백과사전에도 실릴 정도로 유명하고 아름다운 벚꽃 동산이 있다. 대대로 이 가문 사람들은 이 영지에서 버찌를 팔아 부를 축적했고 귀족의 지위를 누려왔다.

그러나 1861년 농노해방이 되고 일할 사람들이 다 떠나자 영지는 파산하였고 경매의 마지막 날을 기다리고 있다. 6년 전에 라네프스카야의 남편이 죽었고 한 달 뒤 어린 아들도 익사했다. 삶에 회의를 느낀 라네프스카야는 딸 아냐를 영지에 남겨둔 채 프랑스로 떠나 버린다. 그러나

5년이 지난 뒤 그녀는 자신을 뒤따라 파리로 온 딸과 함께 완전히 빈털터리가 되어 러시아로 돌아온다.

벚꽃 동산을 둘러싼 다양한 시대 군상들의 초상

영지 주인이자 구세계 귀족인 라네프스카야와 그녀의 오빠 가예프. 이들은 천성이 선량하지만 세상 물정을 모르는 경솔한 사람들이다. 라네프스카야는 매력적인 여인이자 자연과 음악을 좋아하고 사람들을 사랑한다. 그러나 이 선하고 사랑스럽고 아름다운 여인은 정신적인 성숙과 깊이가 없다. 명랑하고 쾌활한 다혈질의 성격 이면에는 정신적 공허와 이기심 그리고 세상을 모르는 비현실성이 감춰져 있다.

체호프는 스타니슬랍스키에게 보낸 편지에서 '라네프스카야는 현재 아무것도 없으면서 모든 것을 과거에서만 사는 노부인이다.'라고 썼다. 이렇듯 자신의 영지가 경매에 들어가고 하인들은 굶주리지만 그녀는 무도회를 열고 악단을 불러 손님들을 초대하고 춤을 춘다.

라네프스카야의 오빠 가예프도 마찬가지다. 우유부단한 잉여인간형의 인물이다. 평생 일을 단 한 번도 하지 않았고 영지에서만 살았다. 유일한 소일거리는 당구이다. 멋있게 말하는 것을 좋아하지만 그의 말에는 진실한 감정이나 의미가 없다. 현실을 살아가기에는 답답한 애송이 같다. 그래서 늙은 하인 피르스는 가예프를 마치 어린아이처럼 보살피고 챙긴다. 이렇듯 영지의 귀족 오누이는 일하지 않고 살면서 자신들이 처해 있는 상황의 심각성과 비참함을 전혀 모른다.

한편 로파힌은 젊고 똑똑하고 활기 넘치는 새로운 유형의 자본가다. 체호프는 '로파힌은 온화하며 매우 점잖은 예의 바른 사람이다.'라고 창작 노트에서 밝혔다. 로파힌의 할아버지와 아버지는 이 영지의 농노였다. 그러나 로파힌은 라네프스카야 일가를 도우려 한다. 로파힌은 이 영지가 처한 상황을 정확하게 파악하고 있다. 그는 벚꽃 동산을 분할하고 개간해서 별장 부지로 임대하자고 제안한다. 그러나 과거 속에서만 살고 있는 라네프스카야와 가예프는 그의 제안을 비천하고 모욕적인 것으로 받아들인다. 그들은 벚꽃 동산 없이는 살 수 없다고 말하면서도 영지를 보존하기 위한 노력은 전혀 하지 못한다.

마침내 영지와 벚꽃 동산은 경매를 통해 팔리고 이것을 로파힌이 사들인다. 그는 진심으로 라네프스카야를 동정하면서도 자신의 조상이 농노로 있었던 영지의 주인이 된 것을 기뻐한다. 로파힌은 벚꽃 동산의 아름다움을 잘 알고 있지만 그 나무를 벌채하여 그 자리에 별장을 지을 결심을 한다. 그러나 로파힌은 자신의 성공이 오래가지 못할 것이라고 생각한다. 왜냐하면 '새로운 사람들'이 자신을 대신해 나타날 것임을 알고 있기 때문이다. 〈벚꽃 동산〉에서 새로운 인물들은 바로 트로피모프와 아나이다.

트로피모프는 대학에서 정치 활동에 참여했다는 이유로 두 번이나 퇴학당한 인텔리겐치아이다. 그는 똑똑하고 성실하고 자신감 있고 부지런하다. 몇 년 전 그는 라네프스카야 아들의 가정교사였다. 트로피모프는 로파힌이 착한 사람이지만 아름다움을 돈으로 사려고 하는 맹수의 기질을 가지고 있음을 안다. 그는 동산이 팔리고 난후 모스크바로 돌아가기를 원한다. 아나와 트로피모프는 동산이 팔리는 것에 대해 아쉬워하지 않는다. 그들은 밝은 미래에 대한 믿음을 가지고 살아간다. 그들에게 벚꽃 동산은 구(舊)러시아이다.

라네프스카야는 파리로 떠나고 가예프는 은행에서 일하기로 한다. 텅 빈 영지에는 늙은 하인 피르스만이 혼자 죽어 간다. 피르스가 혼자 남겨진 대목은 이 희곡의 상징적 에피소드이다. 피르스의 죽음과 벚꽃 동산의 파산은 구시대 농노제와 과거 전통의 시대가 끝났음을 의미한다. 귀족 저택은 과거 속으로 영원히 들어가 버린 것이다. 결국 〈벚꽃 동산〉은 구세계와 그 아름다움, 과거의 문화, 구시대 러시아를 상징적으로 형상화시킨 작품이다.

작가 연보

1860년 러시아 남부의 항구도시 타간로그에서 잡화상 파벨과 예브게니야 사이에 3남으로 태어났다. 조부인 예고르는 농노 출신의 자유민이었다.

1867년 그리스어 교구 부속 초등학교 입학했다. 1869년에는 타간로그 고전중학교(8년제)에 입학했다.

1873년 타간로그 극장에서 오펜바흐의 오페레타 〈아름다운 엘레나〉를 감상한 후 이따금 극장에 가서 〈햄릿〉, 〈검찰관〉 등을 보면서 극작가에 대한 꿈을 키웠다.

1876년 아버지 파벨이 신용조합 대출금을 갚지 못해 파산했다. 4월에 빚 청산이 안 되어 체호프를 제외한 일가족이 모스크바로 야반도주했다. 체호프는 중학교를 졸업할 때까지 타간로그에 홀로 남게 되었다. 그동안 체호프는 가정교사를 하며 생계를 유지했다.

1879년 타간로그 중학교를 졸업하고 모스크바 의과대학에 입학했다. 모스크바의 유머잡지에 짧은 유머 단편을 투고하기 시작했다.

1880년 첫 작품 〈이웃집 학자에게 쓴 편지〉를 주간지 《잠자리》에 발표했다. 화가 레비탄을 알게 되었다.

1881년 '안토샤 체혼테', '환자 없는 의사', '내 형의 아우', '쓸개 빠진 남자' 등의 필명을 사용하며 유머 단편들을 다양한 잡지에 본격적으로 발표하기 시작했다.

1882년 친구 팔리민의 소개로 페테르부르크의 유머 주간지 《단편들》의 발행자 레이킨을 만났다. 레이킨과의 인연으로 5년 동안 300편가량의 단편들을 레이킨이 발행하는 잡지들에 발표했다. 〈시골 의사 선생님들〉, 〈망한 일—보드빌 같은 사건〉 등의 작품을 발표했다.

1883년 〈어느 관리의 죽음〉, 〈알비온의 딸〉, 〈뚱뚱이와 홀쭉이〉, 〈최면술장에서〉, 〈제목을 고르기 어려운 이야기〉, 〈재판정에서 생긴 일〉 등을 발표했다.

1884년 모스크바 의과대학을 졸업했다. 12월에 처음으로 피를 토했다. 〈앨범〉, 〈카멜레온〉을 발표했다.

1885년 페테르부르크의 보수 신문 《새 시대》의 발행인 수보린과 문단의 원로 그리고로비치를 만났다. 〈개와 인간의 대화〉, 〈연극이 끝나고 난 뒤〉, 〈게으름뱅이들〉, 〈외교관〉, 〈손님〉, 〈꿈〉, 〈니노치카〉, 〈감옥에 갇힌 경비병〉, 〈예게리〉, 〈하사관 프리시베예프〉, 〈슬픔〉 등을 발표했다.

1886년 단편소설 〈추도식〉을 처음으로 안톤 체호프라는 본명으로 발표했다. 문단의 원로 작가 그리고로비치로부터 "재능을 아껴라."는 충고를 듣는다. 단편집 《잡다한 이야기들》을 출판했다. 단편소설 〈우수〉, 〈아뉴타〉, 〈아가피야〉, 〈반카〉 등을 발표했다.

1887년 고향 타간로그에 가는 길에 남러시아 초원 지대를 여행했다. 4막극 〈이바노프〉를 집필했다. 작가 코롤렌코와 처음 만났다. 단편소설 〈적〉, 〈베로치카〉, 〈행복〉, 〈티푸스〉, 〈입맞춤〉 등을 발표했다.

1888년 순수문예지 《북방통보》에 중편소설 《초원》을 발표했다. 크림반도, 캅카스, 우크라이나를 여행했다. 단편집 《황혼》으로 러시아 학술원에서 푸시킨상을 받았다(코롤렌코와 공동 수상). 작가 가르신 추도 기념문집에 〈발작〉을 기고했다.

1889년 페테르부르크 알렉산드르 극장에서 〈이바노프〉를 초연했다. 둘째 형 니콜라이가 폐결핵으로 사망했다. 7, 8월에 오데사, 알타를 여행했다.《북방통보》에 〈지루한 이야기〉를 발표했다.

1890년 사할린 섬 여행을 위하여 시베리아와 극동에 대한 자료를 조사했다. 4월에 사할린으로 출발하여 7월에 사할린 도착, 3개월 동안 사할린 섬의 죄수들의 실태를 조사하고 기록했다. 10월에 동지나해, 인도양, 수에즈 운하, 오데사를 경유하여 모스크바에 도착했다. 12월에 단편소설 〈도둑들〉, 〈구세프〉 등을 발표했다.

1891년 사할린의 학교, 도서관에 보낼 도서 수집 활동을 펼쳤다. 3월에 유럽 여행을 떠났다. 비엔나, 베니스, 로마, 나폴리, 몬테카를로, 파리를 둘러보고 5월에 모스크바로 돌아왔다. 중편소설《결투》를 완성했고,《사할린 섬》집필을 시작했다. 가을에 기근이 들어 빈민 구제 활동을 펼쳤다.

1892년 3월에 모스크바 근교의 멜리호보로 이사했다. 11월에 〈6호실〉을《러시아 사상》에 발표했다.

1893년 《사할린 섬》을《러시아 사상》10월호부터 다음해 7월호까지 연재했다. 〈큰 발로쟈와 작은 발로쟈〉 등을 발표했다.

1894년 3월에 톨스토이 사상과 결별을 선언했다. 요양차 크림 반도를 여행했다. 7월에는 유럽을 여행했다. 모스크바 지방 법원 배심원으로 뽑혔다.《러시아 통보》에 〈로스차일드의 바이올린〉, 〈대학생〉, 〈문학 선생〉, 〈검은 수사〉를 발표했다.

1895년 8월에 처음으로 야스나야 폴랴나의 톨스토이를 찾아갔다. 11월에 〈갈매기〉를 탈고했다. 〈철없는 아내〉, 〈아리아드나〉, 〈목에 걸린 안나 훈장〉 등을 발표했다.

1896년 3월에 모스크바 하모브니크의 톨스토이의 집을 방문했다. 《러시아 사상》 4월호에 〈다락방이 있는 집〉을 발표했다. 12월에 알렉산드르 극장에서 〈갈매기〉를 초연했다.

1897년 멜리호보 인근 마을 노보셀로에 초등학교를 지었다. 2월에 국세 조사 활동을 했고, 3월에는 결핵이 악화되어 입원했다. 이때 톨스토이가 문병을 왔다. 4월에 《러시아 사상》에 〈농군들〉을 발표했다. 〈바냐 아저씨〉를 발표했다.

1898년 《새 시대》의 반(反)드레퓌스적 태도에 분개하여 수보린에게 반박 편지를 썼다. 〈상자 속 사나이〉, 〈나무 딸기〉, 〈사랑에 대하여〉, 〈이오느이치〉를 발표했다. 멜리호보를 떠나 얄타로 이사했다. 올가 크니페르와 알게 되었다. 10월에 아버지 파벨이 사망했다. 고리키와 서신을 교환했다. 2월에 모스크바 예술극장에서 〈갈매기〉를 상연해 대성공을 거두었다.

1899년 3월에 고리키의 방문을 받았다. 4월에 톨스토이의 방문을 받았다. 5월에 모스크바 예술극장에서 〈갈매기〉를 상연했다. 12월에 《러시아 사상》에 〈개를 데리고 다니는 여인〉을 발표했다.

1900년 1월에 러시아 학술원 명예회원으로 뽑혔다. 〈골짜기에서〉, 〈세 자매〉를 탈고했다.

1901년 이탈리아로 여행했다(피사, 플로렌스, 로마). 5월에 올가 크니페르와 결혼했다.

1902년 2월에 타간로그 도서관에 도서를 기증했다. 4월에 〈주교〉를 발표했다. 〈벚꽃 동산〉을 집필했다.

1903년 1월에 늑막염이 발병했다. 4월에 〈약혼녀〉를 탈고했다.

1904년 1월에 모스크바 예술극장에서 〈벚꽃 동산〉을 초연했다.
6월에 올가 크니페르와 요양차 독일의 바덴바덴으로 떠났고, 그곳에서 7월 2일에 숨을 거두었다. 7월 9일에 모스크바 노보제비치 수도원 묘지에 묻혔다.

옮긴이 장한(張翰)

한국외국어대학교에서 체호프 연구로 문학 석사, 박사 학위를 받았다. 현재 한국외국어대학교에서 러시아어, 러시아문학을 강의하며 초빙 연구원으로 활동 중이다. 주요 논문으로 〈안톤 체홉의 '초원' 연구〉(1994) 〈체호프의 심리묘사 연구〉(1999) 〈체홉 산문에 나오는 깨달음의 테마〉(2000) 〈체홉의 문학과 생태공경 사상〉(2000) 〈체홉 소설에 나타난 자연과 자연관 연구〉(2000) 〈체홉의 롯실드의 바이얼린 연구〉(2001) 〈불가코프의 거장과 마르가리타: 풍자와 알레고리의 환상소설〉(2006)이 있다. 번역서로는《톨스토이의 세 가지 질문》《신의 입맞춤, 도스토예프스키 소설 번역집》《초원, 체홉 소설 번역 선집》, 저서로는《러시아문학사》《러시아어, 이제 동사로 표현하자》가 있다.

갈매기 체호프 희곡선❶

개정 1쇄 펴낸 날 2018년 12월 31일
개정 3쇄 펴낸 날 2021년 1월 30일

지은이 안톤 체호프
옮긴이 장한
펴낸이 장영재
펴낸곳 (주)미르북컴퍼니
자회사 더클래식
전 화 02)3141-4421
팩 스 02)3141-4428
등 록 2012년 3월 16일(제313-2012-81호)
주 소 서울시 마포구 성미산로32길 12, 2층 (우 03983)
E-mail sanhonjinju@naver.com
카 페 cafe.naver.com/mirbookcompany

* (주)미르북컴퍼니는 독자 여러분의 의견에 항상 귀 기울이고 있습니다.
* 파본은 책을 구입하신 서점에서 교환해 드립니다.
* 책값은 뒤표지에 있습니다.

1 | **노인과 바다** | **어니스트 헤밍웨이**
1953년 퓰리처상 수상작 / 1954년 노벨문학상 수상작 / 미국대학위원회 선정 SAT 추천도서

2 | **동물 농장** | **조지 오웰**
미국대학위원회 선정 SAT 추천도서 / 〈타임〉지 선정 현대 100대 영문소설
한국 문인이 선호하는 세계명작소설 100선 / 서울시 교육청 추천도서
논술 및 수능에 출제된 책(1998~2005)

3 | **어린 왕자** | **앙투안 드 생텍쥐페리**
전 세계 1억 부 이상 판매 기록 / 16개국 언어로 번역

4 | **사람은 무엇으로 사는가(톨스토이 단편선 1)** | **레프 니콜라예비치 톨스토이**
영어권 문학가들이 가장 좋아하는 작가 / 전 세계 거의 모든 언어로 번역된 필독서

5 | **검은 고양이(포 단편선)** | **에드거 앨런 포**
포 최고의 미스터리 세계를 보여 준 호러 문학의 걸작

6 | **예언자** | **칼릴 지브란**
'현대의 성서'로 불리는 책

7 | **젊은 베르테르의 슬픔** | **요한 볼프강 폰 괴테**
세기의 철학가와 문인들의 찬사를 받은 대표작

8 | **독일인의 사랑** | **프리드리히 막스 뮐러**
잊히지 않는 낭만적 사랑의 향기 / 독일 낭만주의 시인 막스 뮐러의 유일 순수문학 작품

9 | **이방인** | **알베르 카뮈**
노벨 연구소 선정 최고의 세계문학 100선 / 1957년 노벨문학상 수상작
대한민국 명사 101인의 대표 추천작 / 연세대학교 필독도서 / 미국대학위원회 선정 SAT 추천도서
〈타임〉지 선정 세상을 움직인 책 100권

10 | **데미안** | **헤르만 헤세**
노벨문학상 수상 작가 / 20세기 일대 센세이션을 일으킨 성장 소설의 고전
서울시 교육청 추천도서

11 | 그리스인 조르바 | 니코스 카잔차키스
미국대학위원회 선정 SAT 추천도서 / 한국간행물윤리위원회 선정추천도서
한국출판인회의 출판인이 선정한 100권의 도서

12 | 위대한 개츠비 | 프랜시스 스콧 피츠제럴드
〈타임〉지 선정 현대 100대 영문소설 / 어니스트 헤밍웨이가 인정한 완벽한 일급 작품
20세기 100대 영문소설 1위 / 미국대학위원회 선정 SAT 추천도서 / 뉴욕 공립도서관 추천도서
대한민국 명사 101인의 대표 추천작 / WTO 북클럽 추천도서

13 | 도리언 그레이의 초상 | 오스카 와일드
미국대학위원회 고교 추천도서 101 / 대한민국 명사 101의 대표 추천작

14 | 벨 아미 | 기 드 모파상
모파상의 가장 매력적이고 파격적인 작품 / 19세기 파리를 뒤흔든 파격 스캔들
2012년 개봉한 영화 〈벨 아미〉 원작

15 | 이상한 나라의 앨리스 | 루이스 캐럴
난센스와 판타지의 대표작 / 아카데미 '미술상' 수상한 영화의 원작
19세기 가장 유명한 영국 아동문학 작가

16 | 두 도시 이야기 | 찰스 디킨스
영국이 낳은 가장 위대한 소설가 / 영화 〈다크나이트〉의 모티프
미국대학위원회 선정 SAT 추천도서 / 서울시 교육청 선정 청소년 필독도서

17 | 햄릿 | 윌리엄 셰익스피어
대한민국 명사 101인의 대표 추천작 / 서울대학교 권장도서 100선 / 서울대학교 동서고전 200선
연세대학교 필독도서 / 미국대학위원회 선정 SAT 추천도서 / 국립중앙도서관 선정 청소년 권장도서

18 | 오페라의 유령 | 가스통 르루
4대 뮤지컬 〈오페라의 유령〉 원작 소설 / 프랑스 최고 추리소설 작가

19 | 1984 | 조지 오웰
〈타임〉지 선정 세상을 움직인 책 100권 / 〈텔레그라프〉지 완벽한 도서관을 위한 권장도서 100
세계 3대 디스토피아 미래 소설 / 〈가디언〉지 권장도서 / 뉴욕 공립도서관 추천도서
하버드 대학생이 가장 많이 산 책 1위

20 | 수레바퀴 아래서 | 헤르만 헤세
대한민국 명사 101인의 대표 추천작 / 헤르만 헤세의 사춘기 시절 경험을 바탕으로 한 자전적 소설
노벨문학상 수상 작가/ 국립중앙도서관 선정 청소년 권장도서

21 22 23 | 안나 카레니나 1~3 | 레프 니콜라예비치 톨스토이
톨스토이 생애 최고의 리얼리즘 소설 / 서울대학교 권장도서 100선 / 서울대학교 동서고전 200선
연세대학교 필독도서 / 미국대학위원회 선정 SAT 추천도서 / 오프라 윈프리 북클럽 권장도서
논술 및 수능에 출제된 책(1998~2005)

24 | 오즈의 마법사 1 – 오즈의 위대한 마법사 | 라이먼 프랭크 바움
미국대학위원회 선정 SAT 추천도서 / 연세대학교 필독도서 / 국립중앙도서관 선정 우수 번역서

25 | 리어 왕 | 윌리엄 셰익스피어

대한민국 명사 101인의 대표 추천작 / 서울대학교 권장도서 100선 / 연세대학교 필독도서
미국대학위원회 선정 SAT 추천도서 / 〈가디언〉지 권장도서 / 세인트존스 대학교 권장도서
논술 및 수능에 출제된 책(1998~2005)

26 27 28 29 30 | 레 미제라블 1~5 | 빅토르 위고

저명한 문학비평가들이 극찬한 세기의 걸작 / WTO 북클럽 추천도서
2013년 개봉한 영화 〈레 미제라블〉의 원작 / 전자책 베스트셀러 1위(2013)

31 | 월든 | 헨리 데이비드 소로

미국대학위원회 고교추천도서 101 / 미국대학위원회 선정 SAT 추천도서

32 | 겨울 왕국(안데르센 단편선 1) | 한스 크리스티안 안데르센

어린이문학에 꽃을 피운 불멸의 작가 / 세계를 움직인 100권의 책 선정
노벨 연구소 선정 세계 100대 문학 작품

33 | 오만과 편견 | 제인 오스틴

서울대학교 동서고전 200선 / 연세대학교 필독도서 / 세인트존스 대학교 권장도서
〈텔레그라프〉지 완벽한 도서관을 위한 권장도서 100 / 〈가디언〉지 권장도서
미국대학위원회 선정 SAT 추천도서 / 국립중앙도서관 선정 청소년 권장도서

34 | 로미오와 줄리엣 | 윌리엄 셰익스피어

서울대학교 동서고전 200선 / 미국대학위원회 선정 SAT 추천도서
칼리지보드 선정 고교생 필독서 101권

35 | 바람이 분다 | 호리 다쓰오

미야자키 하야오의 애니메이션 영화 〈바람이 분다〉 원작

36 | 맥베스 | 윌리엄 셰익스피어

서울대학교 권장도서 100선 / 연세대학교 필독도서 / 미국대학위원회 선정 SAT 추천도서
국립중앙도서관 선정 청소년 권장도서

37 | 신곡 – 인페르노(지옥) | 단테 알리기에리

서울대학교 권장도서 100선 / 국립중앙도서관 선정 청소년 권장도서
미국대학위원회 선정 SAT 추천도서 / 〈뉴스위크〉지 선정 100대 명저

38 | 외투 · 코(고골 단편선) | 니콜라이 바실리예비치 고골

러시아 사실주의 문학의 지평을 연 작품

39 | 인간 실격 | 다자이 오사무

교육과학기술부 산하 사단법인 한국교육지원회 선정 아침독서 10분 운동 필독서
영화 평론가 이동진 추천도서

40 | 마지막 잎새(오 헨리 단편선) | 오 헨리

서울대학교 · 연세대학교 추천도서 / 서울시 교육청 추천도서
EBS 주최 북퀴즈 왕 선발 추천도서

41 | 오즈의 마법사 2 – 환상의 나라 오즈 | 라이먼 프랭크 바움
미국대학위원회 선정 SAT 추천도서

42 | 좁은 문 | 앙드레 지드
교육과학기술부 산하 사단법인 한국교육지원회 선정 아침독서 10분 운동 필독서

43 | 킬리만자로의 눈(헤밍웨이 단편선) | 어니스트 헤밍웨이
국립중앙도서관 선정도서 / 남산도서관 선정도서

44 | 벤자민 버튼의 시간은 거꾸로 간다(피츠제럴드 단편선 1) | 프랜시스 스콧 피츠제럴드
전미비평가협회 선정 '톱 10 작품', 영화 〈벤자민 버튼의 시간은 거꾸로 간다〉의 원작
2013 화제의 영화 〈위대한 개츠비〉 작가, 피츠제럴드 단편선

45 | 광란의 일요일(피츠제럴드 단편선 2) | 프랜시스 스콧 피츠제럴드
2013 화제의 영화 〈위대한 개츠비〉 작가, 피츠제럴드 단편선

46 | 천로역정 | 존 버니언
성경 다음으로 많이 읽힌 기독교 3대 고전 중 하나 / 2003년 국립중앙도서관 선정 고전 100선

47 | 세 가지 질문(톨스토이 단편선 2) | 레프 니콜라예비치 톨스토이
영어권 문학가들이 가장 좋아하는 작가 / 전 세계 거의 모든 언어로 번역된 필독서

48 | 갈매기(체호프 희곡선 1) | 안톤 체호프
미국대학위원회 선정 SAT 추천도서 / 서울대학교 권장도서 100선

49 | 개를 데리고 다니는 여인(체호프 단편선 1) | 안톤 체호프
서울대학교 동서고전 200선 / 노벨 연구소 선정 세계문학 100선

50 | 귀여운 여인(체호프 단편선 2) | 안톤 체호프
노벨 연구소 선정 세계문학 100선

51 | 폭풍의 언덕 | 에밀리 브론테
서울대학교 · 연세대학교 · 고려대학교 권장도서
1940 아카데미 상 최우수작 지명 〈폭풍의 언덕〉 원작

52 | 지킬 박사와 하이드 | 로버트 루이스 스티븐슨
2004 한국 문인이 선호하는 세계 명작 소설 100선 / 브로드웨이 뮤지컬 역사상 가장 아름다운 스릴러 / 〈지킬 앤 하이드〉 원작

53 | 바냐 아저씨(체호프 희곡선 2) | 안톤 체호프
서울대학교 권장도서 100선 / 노벨문학상 수상자 네이딘 고디머, 앨리스 먼로의 표본

54 55 | 이솝 이야기 1~2 | 이솝
어린이독서위원회, 서울 독서교육연구회 권장도서

56 | 오즈의 마법사 3 – 오즈의 오즈마 공주 | 라이먼 프랭크 바움
미국대학위원회 선정 SAT 추천도서

57 | 주홍색 연구(셜록 홈스 시리즈 1) | 아서 코난 도일
영국 BBC 제작, KBS 방영 〈셜록〉의 원작 / 대한민국 대표 추리 소설가 백휴의 작품해설 수록

58 | 네 개의 서명(셜록 홈스 시리즈 2) | 아서 코난 도일
영국 BBC 제작, KBS 방영 〈셜록〉의 원작 / 대한민국 대표 추리 소설가 백휴의 작품해설 수록

59 | 배스커빌 가의 개(셜록 홈스 시리즈 3) | 아서 코난 도일
영국 BBC 제작, KBS 방영 〈셜록〉의 원작 / 대한민국 대표 추리 소설가 백휴의 작품해설 수록

60 | 공포의 계곡(셜록 홈스 시리즈 4) | 아서 코난 도일
영국 BBC 제작, KBS 방영 〈셜록〉의 원작 / 대한민국 대표 추리 소설가 백휴의 작품해설 수록

61 | 페스트 | 알베르 카뮈
노벨문학상 수상 작가 / 1947년 프랑스 비평가상 수상 / 서울대학교 권장도서 100선

62 | 무기여 잘 있거라 | 어니스트 헤밍웨이
노벨문학상 수상 작가 / 〈타임〉지가 뽑은 20세기 최고의 문학 100선
미국 대학 위원회 선정 SAT 추천 도서 / 서울대학교 권장도서 200선

63 | 야간 비행 | 앙투안 드 생텍쥐페리
1931년 페미나 문학상 수상 / 작가의 경험이 들어간 직업 소설

64 | 톰 소여의 모험 | 마크 트웨인
미국 현대문학의 효시 마크 트웨인의 대표작 / 일본 후지TV 애니메이션 〈톰 소여의 모험〉 원작

65 | 프랑켄슈타인 | 메리 셸리
오늘날 SF소설의 선구 / 과학기술이 야기하는 사회적, 윤리적 문제를 다룬 최초의 소설

66 | 마음 | 나쓰메 소세키
서울대 권장도서 100선 / 일본의 셰익스피어 나쓰메 소세키의 대표작

67 | 노예 12년 | 솔로몬 노섭
2014 아카데미 시상식 3관왕 〈노예 12년〉 원작 / 노예 해방의 도화선이 된 작품

68 | 성냥팔이 소녀(안데르센 단편선 2) | 한스 크리스티안 안데르센
SBS 드라마 〈신의 선물-14일〉 메인 테마 도서 / 어린이문학에 꽃을 피운 불멸의 작가

69 70 | 제인 에어 1~2 | 샬럿 브론테
150년간 사랑받은 로맨스 소설의 고전 / 미국 대학위원회 선정 SAT 추천도서
영국 〈가디언〉이 선정한 세계 100대 최고의 소설 / 연세대학교 권장도서
영국 BBC 조사 영국인들이 가장 사랑하는 소설 100선 / 현대 여성들이 가장 사랑하는 필독서

71 | 예수의 생애 | 찰스 디킨스
2014년 개봉 〈선 오브 갓〉 원작 / 종교철학자 헤겔의 사상을 만든 고전
대문호 찰스 디킨스의 숨은 명작

72 | 싯다르타 | 헤르만 헤세

대한민국 명사 시인 장석남이 강력 추천한 작품 / 출간과 동시에 10만 부가 넘게 팔린 역작
진정한 자아를 깨닫기 위해 늘 고민하던 헤르만 헤세의 자전적 소설

73 | 신곡-연옥 | 단테 알리기에리

서울대 권장도서 100선 / 미국대학위원회 선정 SAT 추천도서
국립중앙박물관 선정 청소년 권장도서 / 〈뉴스위크〉 선정 100대 명저

74 75 | 테스 1~2 | 토머스 하디

미국 영국 BBC 선정 영국인이 사랑한 책 100선 / 서울대 추천 고등학생 권장도서 100선

76 | 신데렐라(샤를 페로 단편선) | 샤를 페로

프랑스 아동 문학의 아버지 / 영화 〈말레피센트〉원작

77 | 미녀와 야수(보몽 단편선) | 잔 마리 르 프랭스 드 보몽

변신 모티프의 전형을 완성 / 미야자키 하야오와 디즈니 애니메이션 원작

78 79 80 | 웃는 남자 1~3 | 빅토르 위고

빅토르 위고가 최고로 자부한 걸작 / 출간 당시 전 유럽을 충격에 빠트린 문제작
뮤지컬, 영화 등 여러 매체로 알려진 〈웃는 남자〉의 원작
한국간행물윤리위원회 선정 청소년 권장도서(2007)

81 | 마담 보바리 | 귀스타브 플로베르

사실주의 문학의 거장 귀스타브 플로베르의 대표작 / 서울대학교 추천 도서 100선
외설적이라는 이유로 19세기 교황청 금서목록에 선정된 작품 / 〈뉴스위크〉지 선정 100대 명저

82 | 별(도데 단편선 1) | 알퐁스 도데

자연주의와 인상주의의 절묘한 조화 / 서정적인 감수성과 아름다운 문체
부산시 교육청 선정 중학생 권장도서 / 포스코 교육재단 선정 중학생 필독도서

83 | 보이첵(뷔히너 단편선) | 게오르그 뷔히너

세계 최초로 한국에서 뮤지컬화 된 〈보이첵〉의 원작
시대를 폭로하는 천재 작가의 현실감 넘치는 작품

84 | 오셀로 | 윌리엄 셰익스피어

셰익스피어 4대 비극 중 하나 / 〈뉴스위크〉 선정 100대 명저 / 서울대학교 권장도서 100선

85 | 변신(카프카 단편선) | 프란츠 카프카

소외된 인간이었던 작가의 갈등과 고독을 반영 / 서울대 추천도서 100선 / 명사 101명이 추천한 파워클래식

86 | 피노키오 | 카를로 콜로디

월트 디즈니 인생 최고의 애니메이션으로 재탄생
스티븐 스필버그 감독의 2001년작 〈A.I.〉의 모티브 / 260개 언어로 번역된 교훈적 내용

87 | 세상을 보는 지혜 | 발타자르 그라시안 · 쇼펜하우어

세기를 아우르는 저명한 철학자가 쓰고 철학자가 옮긴 대표적인 작품
세상을 살아가는 데 꼭 필요한 빛나는 지혜를 전수해 주는 인생 처세서

88 | 마지막 수업(도데 단편선 2) | 알퐁스 도데
중 • 고등학교 국어 교과서 수록 작품 / 교육청 선정 청소년 권장도서 100선

89 | 키다리 아저씨 | 진 웹스터
출간 이래 100년 동안 사랑받아 온 스테디셀러 / 세상의 편견을 뛰어넘은, 편지 형식 소설의 대명사

90 | 키다리 아저씨 2 —그 후 이야기 | 진 웹스터
미국 • 일본 • 한국에서 2차 창작된 작품의 속편 / 여성의 대외 활동을 고양시킨 사회적 걸작

91 92 93 | 피터 래빗 이야기 1~3 | 베아트릭스 포터
세상에서 가장 사랑받는 토끼 이야기 / 자연 보호와 동물 존중 사상이 담긴 작품

94 95 | 드라큘라 1~2 | 브램 스토커
지금까지 가장 많은 동명의 영화로 제작된 고딕 소설의 대명사
2004년 뮤지컬로 만들어져 브로드웨이 초연 이후 세계 각국에서 사랑 받아온 작품

96 97 98 99 | 카라마조프가의 형제들 1~4 | 표도르 도스토옙스키
신 • 종교, 삶 • 죽음, 사랑 • 욕망 등 인간 내면의 본성의 문제를 다룬 작품
정신분석학자 프로이트가 꼽은 세계문학사 3대 걸작 중 하나

100 | 하늘과 바람과 별과 시 | 윤동주 (양승갑 영작)
요절한 천재 민족 시인의 유고시집 / 대중성과 문학성을 겸비한 시인 김경주 추천작

101 | 정글북 | 러디어드 키플링
영미권 작품 최초, 최연소 노벨문학상 수상작 / 정글의 생명력을 담은 자연친화적 작품
가의 아버지 존 록우드 키플링이 직접 그린 삽화 및 기타 삽화가들 그림 삽입

102 | 거울나라의 앨리스 | 루이스 캐럴
난센스와 판타지의 대표작 《이상한 나라의 앨리스》 속편
거울 속으로 떠난 앨리스의 두 번째 모험 이야기

103 | 마테오 팔코네(메리메 단편선) | 프로스페르 메리메
프랑스 단편소설의 거장 메리메의 대표 단편선 / 비제의 오페라 〈카르멘〉의 원작자

104 | 빨강머리 앤 | 루시 모드 몽고메리
캐나다의 대표적인 소설가 몽고메리의 데뷔작 / 서울시 교육청 선정 청소년 권장도서
KBS TV '책을 말하다' 추천도서 / 일본 후지 TV 애니메이션 〈빨강머리 앤〉 원작

105 | 삶이 그대를 속일지라도(푸시킨 시선집) | 알렉산드르 푸시킨
러시아 리얼리즘 문학의 선구자이자 러시아 국민시인 푸시킨의 대표 시선집

106 | 도련님 | 나쓰메 소세키
일본의 셰익스피어 나쓰메 소세키를 인기 작가 반열에 올린 작품
'책으로 따뜻한 세상 만드는 교사들(책따세)' 권장도서
서울시 교육청 '청소년을 위한 고전 콘서트' 도서 / 서울대학교 지정 수능필독도서

107 | 은하철도의 밤(겐지 단편선) | 미야자와 겐지

일본이 가장 사랑하는 동화작가 미야자와 겐지의 대표 단편선
일본 후지 TV 애니메이션 〈은하철도 999〉의 모티브

108 | 자기만의 방 | 버지니아 울프

20세기 페미니즘 비평의 선구자 버지니아 울프의 수필집
국립중앙도서관 선정 권장도서 / 서강대학교 권장도서 100선

109 | 플랜더스의 개(위다 단편선) | 위다(매리 루이스 드 라 라메)

멜로 드라마풍의 작품으로 유명한 영국의 아동문학가
서울시 교육청 선정 청소년 권장도서 / 일본 후지 TV 애니메이션 〈플랜더스의 개〉 원작

110 | 크리스마스 캐럴 | 찰스 디킨스

셰익스피어와 함께 영국을 대표하는 작가 찰스 디킨스의 중편소설
'책으로 따뜻한 세상 만드는 교사들(책따세)' 권장도서

111 | 탈무드

5000년에 걸친 유대인의 지혜가 담긴 책 / 서울대학교 지정 수능필독도서
포스코 교육재단 선정 초등학교 필독도서 / 경북교육청 선정 청소년 권장도서
백인제기념도서관 교양도서

112 | 호두까기 인형 | 에른스트 호프만

1892년 차이코프스키 발레 호두까기인형의 원작소설
2018 디즈니 애니메이션 호두까기 인형과 4개의 왕국의 원작소설

113 114 | 곰돌이 푸 1~2 | 앨런 알렉산더 밀른

2018 영화 '곰돌이 푸 다시만나 행복해' 원작 동화 / 곰돌이 푸가 건네는 따뜻한 감성 메시지

115 | 인형의 집 | 헨릭 입센

여성 평등을 그린 선구자적인 작품 / 페미니즘 희곡의 대명사 / 노벨연구소 선정 세계 100대 문학

* 더클래식 세계문학 컬렉션은 계속 출간될 예정입니다.